ただのコスプレイヤーなので聖女は辞めてもいいですか？

soy

ビーズログ文庫

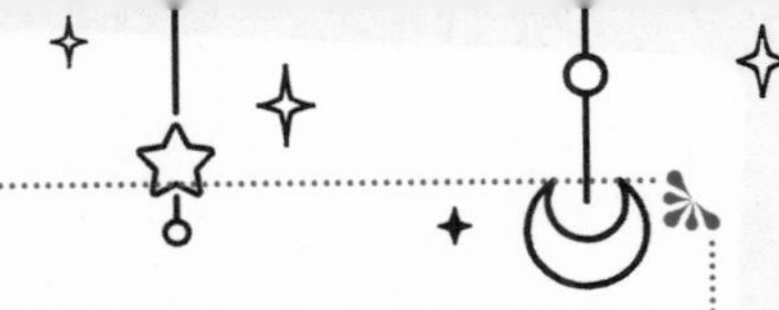

Contents

★ダーシャン・ドゥ・ランダラ★
ランダラ王国の第二王子。
王太子の業務をこなしながら
騎士団長を兼任している。
人を頼るのが苦手。
あかいし　あらた
★赤石　新★
（別名：セイラン）
リストラされた元OL。
趣味のコスプレをしていたら
なぜか異世界に召喚されて
しまい――!?
ただのコスプレイヤーなので
聖女は辞めても
いいですか？

Character

★ ムーレット ★

ランダラ王国の筆頭魔導士。セイランの言うことをなんでも聞く優しいおじいちゃん的存在……かと思いきやこれは仮の姿で!?

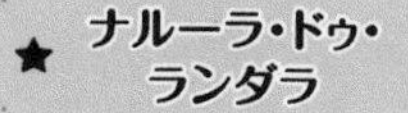

★ ナルーラ・ドゥ・ランダラ ★

ランダラ王国の第一王子。聖女ヒメカを召喚し、王太子の座を取り戻そうと画策している。

★ 蝶野（ちょうの） 姫花（ひめか） ★

ナルーラに聖女として召喚された女子高生。自分のことを乙女ゲームのヒロインだと思っている。

★ エリザベート・ダビダラ ★

自称、聖女教育のエキスパート。ヒメカのことを慕っている。

イラスト／ザネリ

リストラとかマジですか？

私は、中堅の商社で事務員をしていた。

名前は赤石新と言う。

なかなか女性には珍しい名前だと思う。

高卒で入社して三年がたち、仕事もそつなくこなせるようになった春先の温かな日。

上司に媚びを売る大卒の新入社員がやって来た。

仕事をしないその人を注意すると、新人を私が虐めたと言いがかりをつけられ、リストラされた。

ただ私は少しだけ運が悪かったのかもしれない。

思い返せば、上司に気に入られるタイプではなかったのも理由の一つだと思う。

与えられた仕事以上のことを難なく終わらせるし、上司の失敗を逐一見つけて報告するし、上司よりよっぽど下の人間に慕われる私は目障りな存在だったのだろう。

手を上げられたことなどはないが、小突かれたりすることはあったし、私が小さなミスをすれば鬼の首を取ったようにネチネチと同じことを何回も注意してくるし、その失敗を何年も覚えていて、事あるごとにその話をするような上司だった。

そのせいで上司のミスに気がつく可愛げのない社員になってしまったのだと気づいてほしい。

新入社員の時は、ハイハイと返事して、たくさん頑張って夢と希望に溢れていたが、一年もたてばこの会社がブラック企業だと分かった。

何故あんなにも『この会社を辞めたら』ということを恐怖に感じていたのか？

就職活動をしている時に、何故大学に行かないのか？　経験不足ではないのか？　などなどいろんなことを言われて、高卒では再就職が難しいのだと漠然と思ってしまっていたのだ。

リストラされて初めて分かることもある。

何故この会社にこだわっていたのか？　その価値があったのか？

言い訳と思われるかもしれないが、やりたかった職業ではないし、寮に入れるというので入った会社だったから、後悔も未練もない。

このことを教訓に次はできるだけ、ホワイト企業に就職したいと決意を新たにした。

両親は優秀な兄二人にしか興味がない。

最初は娘ということで蝶よ花よと育てられた。

小中高生の間はたくさんの習い事をさせられたが、大学受験に落ち、そこから両親の態度は急変した。

私を蔑んだ目で見て、こんな娘を持って恥ずかしいと口癖のように言われる日々に嫌気がさして、就職と一人暮らしをしたいと言った時も好きにすればいいとしか言わなかった。

そんな家族が嫌すぎて会社の寮で暮らし始めてからは、一度も帰っていない。

話は変わって、私の心の支えは、たまたまニュースを見て知ったコスプレだ。

ただ、ブラック企業で楽しみもなく漠然と生きる自分が嫌で別人になりたいと思ったし、アニメのキャラクターという逆境に立ち向かうポジティブさに憧れもあった。

更に、ニュースを見たコスプレイヤーの人達は生き生きして見えたのだ。

元々凝り性だったのもあり、細部にまでこだわる衣装を作るのも楽しかったし、再現メイクもわくわくした。

しかも、昔していた大量の習い事を活かして、コスプレ姿でダンスをしている動画を公開サイトに上げると、たくさんの高評価をもらえるようになってきていて、ますますコスプレにハマっていった。

その上、ネット上の友人が増えた。

小中学校の時は習い事が多すぎて友達と遊んでいる時間はなかったし、高校では友人はいたが数人だったし、仕事が忙しくなってからは疎遠になってしまって仲のいい友達はほぼゼロだが、気にしていない。

会社をクビになった翌日、私は会社の寮を引き払うことになり、トランク二つに必要な少しの日用品と大量なコスプレグッズを詰め込み部屋を出た。

会社の寮だったせいで、早く出て行けとせっつかれたからだ。

次の物件が決まっていないから待ってほしいとお願いしたが、さすがブラック企業、聞き耳を持ってくれるわけもなく追い出されるかたちに。

たくさんの不動産屋さんを回るが、次の物件が全然見つかる気がしない。

仕事が安定していたら住めたかもしれない物件はいくつかあったが、リストラ後では信用が足りないようで、直ぐに入れる家がないのだ。

実家にはいい思い出もないし、帰るつもりはない。

家が決まるまでホテル暮らしでもやっていけるが、趣味の衣装作りやＤＶＤ鑑賞や振り付け動画の編集などなどを踏まえるとホテルでは不便だ。

そんなことを考えながら大きな公園の横を通ると、フリーマーケットをやっているのが見えた。

都心のフリーマーケットではたまにコスプレ衣装や雑貨を売っていたりするので、中を確認することに。

そして、フリーマーケットの一番奥にそれはあった。

二十人ほどのコスプレイヤーがいて撮影会のようなことをしていたのだ。

受付に近づき、パンフレットはないのか聞けばチラシを一枚渡された。

チラシにはフリーマーケットとデカデカと書いてあり、小さくコスプレ&撮影会とあって、コスプレをするための更衣室完備！　参加自由！　と書かれていた。

私は迷わず更衣室と書かれた建物に向かった。

そのプレハブのような建物の近くには参加者求む！　と書かれた手書きの看板があって、フリーマーケット感が出ていると思った。

プレハブの中で、最近一番気に入っている『アナタもアイドル』というアニメのダンス講師のコスプレをする。

このアニメはアイドルになりたい主人公が、街でスカウトされ地下アイドルをへて、人脈を広げてトップアイドルを目指す類のものの講師だからか癖の強い見た目をしている。

真っ赤なウルフカットのウィッグに右目にピンク左目にスカイブルーのカラーコンタクトを付けて、ダサい芋ジャージを着る。

この芋ジャージの胸には平仮名で『せいらん』と下手な手書きで書いてあるのだが、これを再現するのが一番大変だった。

最後にダサい丸眼鏡を掛ければ完成だ。

プレハブの中に荷物らしきものは存在しないから、手持ちの荷物はコインロッカーか何かを探して入れなくてはいけないのかもしれない。

せっかくだから楽しもう。

そう思って全ての荷物を手にプレハブのドアを開けた瞬間、私は光に包まれた。

何でこうなった？

眩い光に目を瞑り、ゆっくりと目を開けると、そこにはフリーマーケットなんてなくて、何だか遺跡のような場所だった。

キョロキョロ周りを確認すると、さっきまでいたプレハブすらなくなっていた。

何だこれ。

「あはは、まるで異世界転移みたいだな～」

言ったそばから後悔した。

今更気づいたが、目の前にローブを着た男性が三人と騎士の格好をした男が一人、立っていた。

その中にいた騎士様が私と目が合うと深々と頭を下げた。

「ようこそおいでくださいました聖女様」

いやいやいや、異世界転移の定番とか無理なんだけど。

コスプレイヤーとしてアニメや漫画を見まくってきた私だが、一度も異世界転移に憧れを持ったことはない。

いや、だって、私の能力値は私が一番解っている。

ゲームで高成績を叩き出せても自分の肉体が同じ動きをできるかと聞くまでもなく無理だ。

乙女ゲームの中のような展開であったとしても、騎士がいる世界なんて魔物が出たり、魔王が復活するとかそんな身体能力を持っていないと無理な展開に決まっている。

そういうのは十代のピチピチの女学生を呼び出せば良いと思う。

「あ、あの～。人違いじゃありませんか？」

人違いであってほしいと願いながら呟けば、ローブの男の最年長だと思われる老人がとんでもないと叫んだ。

「貴女様は月の神であられる、ルルーチャフ様より与えられし聖女様でございます」

いや、だから、本人の許可もなく勝手に召喚して与えられても困る……いや、困らないか？　実家には帰りたくないし、会社も住むところもなくなって必要な荷物は今、手にしているトランクの中に入っている。

「ちなみに、聖女とは何をするのですか？」

ローブの老人は優しげに笑顔を作った。

「聖女様は歌と踊りで世界を浄化するのです」

世界を浄化ってスケールでかいなー。

「歌と踊りって、私ができないって言ったらどうするんですか？」

「大丈夫です。歌も踊りも日々の鍛錬で必ず力を発揮することができるようになります」

ローブの老人の爽やかな笑顔がかえって怖い。

「えーっと、帰っていいですか？」

その場は沈黙に包まれた。

いや、だって、面倒だし……。

そこで、口を開いたのは騎士様だった。

「まことに申し訳ない話なのですが、聖女様が元の世界にお帰りになった記録は一切ございません」

うわ、帰れないパターンの異世界転移だったのか。

思わず俯いたのは、仕方がないと思う。

「導師様、本当にこの者が聖女様なのですか？　聖女様と言えば漆黒の髪と瞳だと言ってらしたではございませんか？　せめて黒に近い色であれば納得できなくもないですが」

ローブの男の一人が私を不審そうに見る。

言われて気づいたが、私は今コスプレ姿で、コスプレしていなければ、漆黒は別として黒髪だし黒目だ。

「この神殿で召喚された者が偽物だと申すか？」

「ですが、どう見ても聖女様とは言いがたい見た目で」

ローブの老人はゆっくりとため息をついた。

「……」

せっかく勘違いしてくれているのだから、本当のことを言うのはやめておこう。

もし、騙されて奴隷のような対応をされたら困る。

「この者はお気になさらず、城にまいりましょう」

導師と呼ばれた老人に促され、私は城に案内された。

体感的に一時間ほど歩き城にたどり着いた。

それから長い廊下の先には静かな庭園があり、更に先に案内された。

「聖女様には、城の奥にある新緑の神殿にてお過ごしいただきます」

「新緑の神殿ですか……」

緑豊かな場所なんだろうな。

漠然と思いながらたどり着いた場所には、緑など苔ぐらいしか見えない殺風景な場所に建物がポツンと立っていた。

　周りも荒れ果てているが、直ぐ近くに薔薇の咲き乱れる似たような神殿が見えた。

「アレは？」

　私の言葉に、導師の老人が嫌そうに眉間にシワを寄せた。

「あれは花の神殿で、あそこにはヒメカ・チョウノと言う聖女様がいらっしゃいます」

　え？　聖女？　私以外にいるの？

　私が困惑したことに気づいた老人は苦笑いを浮かべた。

「我々には貴女様が必要でございます。ご説明は神殿の中で」

　老人の後を追いながら他のローブの人達を見ると、皆同じように呆れたような疲れたような顔でため息をついていた。

　新緑の神殿の中は古い建物だが、綺麗に手入れをされているように見えた。

　案内された部屋は応接室のようになっていた。

「お座りください聖女様」

　促されるままソファーに座ると直ぐにお茶とお菓子が用意された。

「さて、先程の説明ですが、お察しの通り聖女様は貴女で二人目でございます」

　色々ツッコミたいのを我慢して、私は頷いて先を促した。

「ヒメカ聖女様は第一王子様がきちんとした手順を踏まずに召喚してしまった聖女様で……言いにくいのですが、いささか聖女の仕事には前向きではなく……第一王子様と遊び暮らしているのです」

言いづらそうに言葉を濁そうとして失敗し、ハッキリと使えない聖女だと言ってしまった導師様は最後には清々しい顔をしていた。

「私だって聖女らしい見た目でもないみたいですし、能力がないかもしれませんよ」

導師様は柔らかく笑った。

「それでも、私を信じてここまでついてきてくださったではありませんか」

「それだけで？　あの、お疲れ様です」

導師様からは言うことを聞かない新入社員と理不尽な要望をしてくる上司の板挟みに合う中間管理職のようなお疲れオーラが出ていた。

「慣れてますので。それよりも、こういった理由で聖女様が二人いる状態ですので、お名前をうかがってもよろしいでしょうか？　我々が間違うことのないように」

私はしばらく考えた。

本名を名乗るのは大丈夫だろうか？

もう一人の聖女はフルネームを明かしているのか？

名前で操る魔法とかがあるなら、元々いる聖女に働かせればいいだけだからだ。

それでも、絶対にないとは言いきれない。

「私のことはセイランとお呼びください」

私、本名「赤石新」なので、誰も予測すらできないだろう。

「セイラン様ですね。美しいお名前だ。自分は魔導師を統括しているムーレットと申します」

導師様も優しく自己紹介してくれ、周りにいた他の魔導師達の名前も教えてくれた。

「そして、最後にこちらの騎士様ですが、彼は我がランダラ王国の第二王子で王太子でもあらせられるダーシャン・ドゥ・ランダラ様でございます」

「え？」

思わず口から不信感が漏れた。

目の前にいる騎士様が第二王子で、更に王太子であるとか……深く考えたら負けだ。

見た目は短髪の銀髪に吸い込まれそうな綺麗なサファイアブルーの瞳の長身細マッチョな感じの、絵に描いたような騎士にしか見えない。

「ダーシャン殿下は騎士団長です。聖女様の護衛の管理もしてくださいます」

「えっと、聖女って危険なんですか？」

王太子で騎士団長って、多忙すぎませんか？　もしかして人員不足ですか？

私の質問に全員が視線を逸らすのはやめてほしい。

「あの、本当のことを言ってください」

私が食い下がると、導師様がニッコリと笑った。

「なあに、我が国では月の神の加護があるため、圧倒的(あっとうてき)な浄化の力を持つ聖女様を召喚することができるのですが、他国では神官が集まり時間をかけて浄化をするのです。そんなこともあり、聖女様はどんな国でも喉(のど)から手が出るほど欲(ほ)しい存在で、誘拐(ゆうかい)しようとしたり他国に力を持たせないために殺害を企(くわだ)てたりする者がいるのも事実です」

「帰りたい」

小さく呟いてしまったのは、悪くないと思う。

「自分が護(まも)りますので、どうかご安心ください」

耳に心地(ここち)良い第二王子の低い声に、根拠(こんきょ)は？　と思ったが、それを口に出してはいけない雰囲気(ふんいき)を感じて私は言葉を失ったのだった。

召喚されたその日の夜、ようやく一人になれた私は考えた。

もし、今の状況(じょうきょう)の中聖女の役目を果たさず、使えないと判断され、ポイっと捨てられた時どうなるかを。

はっきり言って三日生きられたらマシだろう。

その理由としてあげられるものの一つとしてもっとも重要なのは、私の社交性のなさである。

仕事であれば、社会人コスプレをしてできるいい女になりきることにより社交性のある人間を演じられるが、中身の私は社交性なんてないに等しい。

ないに等しい社交性をコスプレすることで補っているというか、装備していたのだ。

だが、今している『セイラン』というキャラクターは社交性があまりない。

装備としては不十分だし、やる気で言ったらゼロのキャラクターである。

作中で言えば、常にだらけている上に無気力、他人の評価には関心がないがやれば天才的なダンスを踊れるキャラである。

そんな『セイラン』の性格が、この世界で生きていけるのか？

『セイラン』にこだわる必要はないから、トランクの中にある別のキャラクターになることもやぶさかではないのだが、いかんせんこの世界の一般(いっぱん)常識すら分からない私が住むところも仕事もない状況で生きられるのか？

その上、魔法があるのは分かっていたが、魔法を使える人は極(ごく)まれであるとか知らなかったし、街中にはいないけど森には魔物もいるし治安がすこぶる良いわけでもないらしい。

お金の単価も解らないし、このままでは生存すら難しいと思う。

その点、ムーレット導師は私が聞いたことを一から十まで教えてくれる優しいおじいちゃんなので着実に常識を手に入れることができ始めていた。

そして、数日新緑の神殿にいたことで見えてきたのはムーレット導師の他に力を持つ導師がいて、そのもう一人の導師がヒメカ聖女を召喚し力をつけていっているということ。

その導師は、ムーレット導師が今いる筆頭導師の地位が欲しいのだと聞いた。

おのずとムーレット導師がダーシャン第二王太子の派閥で、もう一人の導師が第一王子の派閥なのだと決まり、そのせいで城の権力が二分する事態になっているらしい。

今までの人生で派閥争いなんて無縁……ではなかった。

会社なんて狭い組織であれば、何々課長派だとか誰それさんに逆らうのは良くないみたいな派閥争いが出てきて、仕事以上に大変な人間関係に多大な影響を及ぼすものの代名詞である。

召喚されてから三日目、そんな派閥争いなんてものが神殿には関係ありませんよ！　と言いたいがために選ばれた講師がやって来た。

ムーレット導師は反対したようだが、前聖女から直接の指導を受け、聖女の歌と踊りに関して詳しいとされる女性が聖女様二人を見ることで、派閥ではない神の力の供給が何ちゃらと長々と説明をされたけど、早口すぎて頭に入ってこなかった。

「これより、聖女に歌と舞を教えることになりました。エリザベートと申します」

金髪に緑色の瞳の気位の高そうなすました顔という印象の女性だ。

このエリザベートさんがなかなかの食わせ者で、周りに人がいれば害はないのだが、一度二人きりになれば馬を叩く鞭をチラつかせて脅してくるのだ。

脅しだけとはいえ、そんな仕打ちをされれば、意地でもできないフリをしようと思ってしまう私は天邪鬼なのかもしれない。

朝起きてから三時間みっちり発声練習、その後休憩なしで三時間基礎体操、ハードな筋トレの後にお昼ご飯を出されてもお腹に入る気がしない。午後もたくさん発声練習したり基礎体操させられたり国の歴史を習ったり、一般常識を習ったり多忙すぎる。

こんな生活に耐えられるわけがない。

ああ、逃げ出したいと私が思うのに、そんなに時間はかからなかった。

「ヒメカ聖女様は直ぐにできたことが貴女にはできないのですのね」

そして、エリザベートさんはやたらとヒメカ聖女と私を比べた。

私から言わせてもらえるなら、この人の歌も舞も見たことがない。

様子見で歌も舞もできない演技をしたら鼻で笑い、鞭を取り出してきたのだ。

SMの女王様気取りも大概にしてほしい。

まあ、幸い本気で鞭を振るってきたりはしない。

私を怯えさせて従わせたいのだと丸分かりである。

いつかこの新緑の神殿を出て行く時には、あの鞭へし折ってやりたい。

まあ、基本慎重な性格の私が鞭をへし折るためだけにリスクを冒してまでエリザベートさんの元へ忍び込んだりは絶対にしないとは思うが……。

そんなことより、実は気づいたことがある。

聖女の歌は音楽の教科書で習うレベルの歌だ。

一番初めに習ったのが小学生の時に誰もが習う春の歌だった。

よって、聖女は日本人女性であると決まっているように思えた。

「こんな基礎中の基礎もまともにできないなんて、ムーレット様の顔に泥を塗って楽しいのですか？」

彼女の嫌味は社会人をしてきた私にはいささかパンチの少ないものに感じた。

「そんなふうに言ったら可哀想ですよエリザベート！」

この日、私は初めてもう一人の聖女に会った。

発声練習中、勢いよく扉を開けて入ってきた少女は、高校生ぐらいの年齢でピンク色のフリフリミニスカワンピースを着ている。

可愛い系の見た目に反して胸が大きい。

ザ・ライトノベルのヒロインといった見た目だ。

ダークブラウンの髪に茶色い瞳の純日本人顔から、この子が噂のヒメカ聖女だと瞬時に判断した。

「ヒメカ様！　ヒメカ様がこんな何もないところにお越しにならなくても！　こちらから挨拶に伺わせますから」

エリザベートさんは媚を売るようにヒメカ聖女にぺこぺこと頭を下げた。

「貴女がセイランさんね！　へー赤髪にオッドアイとか日本人じゃないのね。ってか地球人でもないか。フフフ私がこの歌のお手本を見せてあげるね」

そう言ってヒメカ聖女は、やはり小学生の時に誰もが習う春の歌を歌い出した。

懐かしい歌を披露してもらったのだから拍手ぐらいした方がいいだろうか？

その歌のおかげか、今まで植物の生えていなかった新緑の神殿の周りに小さな雑草の芽が生えたのだと窓の外を見て分かった。

花壇の一角、三十インチのテレビぐらいの大きさに花の芽が生えている。

「素晴らしい！　素晴らしいですわヒメカ様」

エリザベートさんに褒められて私にドヤ顔をしてくるヒメカ聖女に拍手を送っておいた。

「フフフ、セイランさんも私を見習って頑張ってくださいね！」

それだけ言うとヒメカ聖女は帰って行った。

私は課題だらけで大変だけど、あの人暇なのかな？

「ああ、ヒメカ様はなんて美しく聡明で慈悲深いのでしょう。こんなダメ聖女にまで目をかけて」

私に聞こえるように独り言を言うエリザベートさん。

独り言に返事をしては失礼だろうから聞こえないフリをしてあげた。

私は空気の読める大人だと実感する瞬間だ。

「聞いてますか？　これだからダメ聖女は」

どうやら独り言ではなかったようで、聞こえないフリは正解ではなかったみたいだ。

「もう一度言ってもらっていいですか？」

「もういいです」

ぷりぷり怒るエリザベートさんに私は苦笑いを向けておいた。

その日の夜、過度の理不尽な課題にストレスで寝つけなくて庭を散歩することにした。
ウィッグとコンタクトを付け直すのは、はっきり言って面倒臭いが誰に見られるか分からない。それに、コスプレをしている間は本来の〝新〟ではできなかったことができるような、アニメのキャラになりきれてどんな困難にも立ち向かえるような気がして勇気までもらえる気がするのだ。
そんなわけで、コスプレ衣装に着替えた後に何もない庭を歩く。

「君の召喚した聖女はどうやら残念な女性だったみたいだね」

「自分は残念だと思っていません」

「フフフ。ヒメカに力を貸してほしければいつでも言ってくれていい。王太子の座を明け渡すのであればな」

「……そんな時が来れば」

隣の花が咲き乱れる庭から聞こえてきたのはダーシャン王太子と誰かの声で、私は気になって近づいた。

自分が巻き込まれるのは嫌だが、話だけなら気になる乙女心。

いや、野次馬根性か？

そんなことを思った瞬間。

「クソ、誰が王太子になんかなりたいと言った」

悪態をつきながらガサゴソと音を立てて出てきたのは間違いなくダーシャン王太子だった。

「あーお散歩ですか？　セイラン聖女」

生垣から頭と手足を突き出した状態の彼と目が合い、気まずい空気が流れた。

「はい。あの、たまたま聞いてしまいまして……ダーシャン様も何かと大変なんですね。もし、話して気持ちが楽になるならお話聞きますよ。勿論無理にとは言いませんけど」

前の会社の愚痴(ぐち)を誰かに聞いてもらってたら、あんなに精神をすり減らすこともなかったんじゃないか？　とたまに思ってしまうことがあったから出た言葉だった。

ダーシャン王太子は数回瞬(まばた)きを繰(く)り返(かえ)すと、生垣から出て来て私の両肩(りょうかた)をガシッと摑(つか)んだ。

「聖女様、愚痴らせていただいてもよろしいでしょうか？」

「勿論です……あっ、ちなみに聞かなかったことにしてなかったことにもできますが？」

話したくなかったかもしれないから聞いたのだが、ダーシャン王太子の瞳には鬱々(うつうつ)とした色が見てとれた。

「いや、むしろ聞いてください」

ブラック企業(きぎょう)に勤めていたから、この目をしている人がいっぱいいっぱいであることは容易に想像できる。

「場所を移しましょう」

ダーシャン様はそう言って私の腕(うで)を摑むと歩き出した。

逃がさないと言いたげな意志を感じてしまい、抵抗(ていこう)もできない。

連れて来られたのは新緑の神殿の何もない庭にポツンとある東屋(あずまや)だった。

「ここなら誰が近づいてきても解ります」

誰にも聞かれたくないから全方位を確認できる場所を選ぶとは。

「どこから話しましょうか？　ああ、さっき話していた男が王妃様の実の子で長男のナルーラ王子です」

完璧に笑顔を貼り付けているが、目が笑っていないダーシャン王太子に私は口出しすることもできずに話を聞くはめになった。

「勿論、アレが最初は王太子でした。学園を卒業後、侯爵家の御令嬢と結婚して国王になるはずでしたが、男爵家の娘と浮気しているのが発覚しあっという間に貴族社会から爪弾きにされました。詰めが甘いせいか、馬鹿だからなのか知りませんが父にも簡単にバレ王太子の座から転がり落ち、王太子でなくなったからなのか男爵令嬢に振られ、王太子の座に返り咲くために勝手に聖女を呼び出し抱え込んでいるのです」

この人、無口キャラかと思ってたけどむっちゃ喋る～。

息継ぎしているのか、心配になるレベルで喋る～。

彼はゼーハーしながら喋り終わると、深呼吸をした。

「自分は王位継承権を辞退して騎士になるつもりでした……だって、面倒臭いじゃないですか？　自分の母親は元メイドなのに王太子なんかになれないでしょう？」

項垂れてしまうダーシャン王太子……王太子が嫌なのに王太子を名乗り続けるのは可哀想か？

「ダーシャン様は、頑張ってますよ」

項垂れたままの彼の頭を優しく撫でてしまったが、良かったのだろうか？

ダーシャン様はゆっくりと顔を上げ、困ったように眉を下げた。

「子ども扱いしてますか？」

「慰めてるんです」

私が胸を張って言えばダーシャン様もハハハと笑ってくれた。

「それに、そんなに嫌だったら逃げちゃいます？　私も巫女なんてしたくないですし、一緒に逃げてくれたら心強いんですけど」

ダーシャン様はキョトンとした顔の後吹き出した。

相当面白かったのか、お腹を抱えて笑っている。

冗談めかして言った『逃げる』の言葉だったが、私は本気だった。

元より『逃げる』と言う言葉を吐いてしまったのは、この王宮がブラック企業だからだ。

誰もが仕事と理不尽を抱えていて、私にいたっては心的外傷を負っている。

心的なら元々ブラック企業で働いていたから免疫がないわけじゃないが辛いことには変わりない。

「素晴らしい案ですね。逃げてしまえば無責任だと王太子から外してもらえるかもしれない……一緒に逃げちゃいましょうか」

ダーシャン様はその辺にいそうな普通のお兄さんのように柔らかく微笑んだ。

「ダーシャン様って王族ですけど、庶民の暮らしに詳しかったりします？」

「自慢じゃないが、視察と称して街を見て回っていたから詳しいですし、頼れる知人もたくさんいます」

「わ、便利〜」

抑えきれない心の声が出てしまったが、ダーシャン様は気にした様子がなかった。

「せっかくだから酒でも持って来ればよかった……いや、セイラン聖女は未成年ですよね？」

「いや、成人してます。えっ？　いくつに見えてます？」

ダーシャン様はアゴに手を当てマジマジと私を見た。

「十二、三ぐらいかと」

「若！　そんな幼く見えるんですか？」

「最初は十五、六ぐらいの少年かと……」

ダーシャン様の視線が胸元を見ている。

「セクハラって知ってます？」

「セクハラ？」

言っておくが胸にはサラシを巻いているから、少年に見えてもおかしくない。

「女性をジロジロ見るのはマナー違反ですよ」

「……失礼、セイラン聖女は実際いくつでしょうか？」

　私は苦笑いを浮かべた。

「二十一歳です」

「えっ？　自分より二歳上……」

「年下だったんですね。この国の成人っていくつですか？」

「十五ですね」

　十五歳で成人か、その年の私は夢も希望もある若者ではなく、ただ漠然と学校に通っていた気がする。

「ヒメカ聖女はいくつですか？」

「さあ、興味がないので……」

　ダーシャン様は私から視線を逸らし遠くを見つめる。

「やっぱり酒を持ってきましょうか」

　ダーシャン様がバッと立ち上がった。

「いいですね」

　ダーシャン様はちょっと待っていてほしいと言って走って行った。

　しばらく星を見ながら待っているとお酒とグラス、簡単なおつまみを乗せたおぼんを持ってダーシャン様は帰ってきた。

「美味い酒を持ってきました」

楽しそうにお酒をグラスに注ぎ私に差し出す。

もう一つのグラスにお酒を注ぎ、乾杯しようと言うダーシャン様は無邪気だ。

お酒の入ったグラスを優しく合わせて乾杯をすると、私達は一気にグラスの中身を飲み干した。

ゆっくりちびちび飲むのが正解だと解るほどの高そうな美味しいお酒だったのに、二人して一気に飲んでしまうのが、ストレス社会を生き抜いてきた戦友のような親近感を覚えてしまう。

「いい飲みっぷりですね」

「セイラン聖女も遠慮なく飲んでください」

ダーシャン様の『聖女』呼びが何だか鼻につく。

「聖女をするつもりはないので、セイランとお呼びください。あと、堅苦しい喋り方もやめません？」

「そうだな。ではセイラン、もう一杯どうだ？」

美味しいお酒に、お互いの溜め込んでいた愚痴を言い合っていると、段々楽しくなってきた。

「そう言えば今日、ヒメカ聖女の歌と踊りを見せてもらいました」

「そうなのか？」

「何故(なぜ)か見せに来てくれたんですよ」

ダーシャン様は少し私を揶揄(からか)うような声色(こわいろ)で言った。

「聖女は歌も踊りも生まれ持って上手(うま)いのだと思っていたが、セイランは違(ちが)うみたいだな」

私は声を上げて笑った。

「そりゃそうですよ。わざと下手なフリをしてるもん」

「へ？」

この人は信頼(しんらい)のおける人、だから誤解されたくないとどこかで思ってしまい、私は大きく口を開いた。

私は楽しい気分のまま、キラキラと輝(かがや)く星に向かって小学生の時に誰もが習う春の歌を歌った。

歌い終わりダーシャン様の顔を見ようとしたが、彼は私ではなく東屋の周りを見て固まっていた。

「ダーシャン様？」

「セイラン……酔(よ)いが吹き飛んだぞ」

首を傾(かし)げながら東屋の周りを見て、私の酔いも吹き飛んだ。

東屋の周りは森になっていたのだ。

数分前まで土しか見えてなかった場所に木々が生い茂っている。

「……逃げよう。こんな凄い聖女呼び出したとか知れたら直ぐさま国王にされてしまう。うん。逃げよ」

ダーシャン様はしみじみと呟きながらグラスに残ったお酒を飲み干したのだった。

妖精って本当ですか？

ダーシャン様との愚痴り飲み会の翌日の朝、神殿は大騒ぎになっていた。

新緑の神殿の中に小さな森ができていたのだからそりゃ、騒ぎにもなる。

「昨日ヒメカ聖女様がこちらの神殿を訪れ、神歌を歌ってくださったおかげですわ」

エリザベートさんが声高にそう言ってくれたお陰で、私がやったとは思われずに済んだ。

私以外にダーシャン様も安心したに違いない。

森出現のせいもあり、エリザベートさんが私の出来が悪いから指導役をしたくないと駄々をこねているようで、その日、私を訪ねて来る予定の人はいなくなった。

そのおかげで暇になり、少ない荷物をまとめていると、ダーシャン様がやって来た。

「昨晩はどうも」

私の言葉にダーシャン様は勢いよく頭を下げた。

「昨夜は兄へのイラつきもあり、愚痴や弱音を吐いてしまい申し訳ない」

「気にしてませんよ」

ダーシャン様は何だか思い詰めた顔をしていた。

「どうかしましたか？」

「逃げるのか？」

どうやら私が直ぐに逃げ出すのか確認しに来たようだ。

「ええ。今直ぐにってわけではないですけど、その感じだとダーシャン様は一緒に行くのはやめるみたいですね」

ダーシャン様はしばらく思い詰めた顔で黙り込み、ゆっくりと口を開いた。

「逃げ出したいのはやまやまだ。これで貴女について行ったら、国民を導く役目をいずれ兄がすることになる……自分が簡単に投げ出せる話ではない」

私はクスクスと笑い、ダーシャン様の肩をバシバシ叩いた。

「それが分かっているなら、ダーシャン様はいい国王になれます」

私が叩いたぐらいじゃ痛くも何ともないだろうが、ダーシャン様は私の叩いた肩を軽く撫でると笑ってくれた。

「でも、私はいずれ逃げますよ。ぼちぼち一般常識も身についてきたし、タイミングも考慮してこれから計画を立てて絶対に逃げ出します！」

そう宣言した瞬間、突然部屋のドアが勢いよく開いた。

そこにはムーレット導師がニコニコと笑いながら立っていた。

「逃げる？」

威圧感があったのと、私の前にダーシャン様が庇うように立ってくれたのは同時だった。

「セイラン聖女、貴女は今逃げるとおっしゃいましたか？」

ここで怯んでしまっては、逃げ出すことは一生できない気がする。

「はい。私は聖女にはなりません」

「聖女になれば王侯貴族とも対等な地位を得て、衣食住の心配をすることもなく、むしろ何もせずとも貢ぎ物が送られ、人々の羨望の的となれるのですよ」

「魅力的なお話なのでしょうがいっさい興味がありません。できればひっそりと地味に暮らしたいです」

ムーレット導師はツカツカと私に近づくと、ダーシャン様を押しのけて私の手を両手でしっかりと握った。

「やはり、貴女ほど力のある聖女は権力には溺れないのか」

ムーレット導師はキラキラとした瞳で私を見つめた。

「な、何のことかさっぱりなのですが？」

私が戸惑う中、ムーレット導師は私の手を離すと、ひとまずソファーに座るように促してきた。

「長い話になるので、お茶でも飲みながら話しましょう」

ムーレット導師は魔法を使って、手際良くお茶の準備を始めた。

　空中をティーポットとカップが浮かびお茶菓子のクッキーもどこからともなく現れテーブルの上のお皿に品良く並べられていく。

「セイラン聖女は逃げるとおっしゃっていましたが、行き先はお決まりですかな？」

「いいえ。ひとまずこの場から逃げようかと」

「それはよかった。では、私の家に行きませんか？」

　突然の申し出に私は戸惑った。

「ムーレット導師はどういった場所にお住まいで？」

　私の問いに答えたのはダーシャン様だった。

「導師は城に部屋があるだろ？　家とは？」

　ダーシャン様も何だか戸惑っているように見えた。

「私の家はこの新緑の神殿の更に奥にあるのです。小さな泉もありますし街に買い物に行くのも苦労しません」

　森の奥なのに街にも近いとは？

「そんな場所があるのですか？」

「はい。妖精の森ですから」

　は？　妖精の森とは？

　私はダーシャン様に視線を移したのだが、ダーシャン様も首を傾げていた。

「妖精の鍵を持った者だけがたどり着ける秘密の森で、その鍵さえあれば街に直通の扉に繋げることができるのです」

そう言ってムーレット導師は私の手の上にキラキラと光るクリスタルを乗せた。

水色と紫色が絡み合うマーブルカラーでとても綺麗だ。

私がクリスタルに見入っていると、クリスタルは突然ドロリと溶けて私の手に吸い込まれてしまい、慌ててムーレット導師の顔を見て更に驚いてしまった。

「ムーレット導師？」

そこには見知った老人はおらず、モスグリーンの長い髪に金色の瞳を優しく細める美人がいた。

「これで貴女は私の主人です」

「？」

言っている意味が分からず首を傾げてしまう。

「私は昔、初代聖女様とも契約守護していた妖精です。初代聖女様のように強い力をお持ちのセイラン聖女は妖精と契約をし、その力の一端を分け与えるのが一番制御しやすいはずです」

ニッコリ笑顔の美人に私は何と答えるのが正解なのだろうか？

「勿論、初代聖女様と契約していた時はまだまだ未熟で、身長も二十センチ程度の小さな妖精でしたが、今は違います。必ず貴女を護ります」

「え～っと、ムーレット導師はどこに？」

　美人さんはクスクスと声を上げて笑った。

「ここにいるではありませんか」

「え？　ムーレット導師なんですか？」

　ムーレット導師のフリをしてやって来た妖精ではないのか？

「何百年も聖女を見てきましたが、貴女は初代聖女様と同じぐらい神聖力が強い上に私と契約したので、私の本来の姿が見えているのでしょう」

　それは私だけ、ムーレット導師が美人に見えているってこと？

「じゃあ、ダーシャン様にはムーレット導師に見えているのですか？」

　不思議そうな顔のダーシャン様にはやはり見えていないようだ。

「あの、ムーレット導師……できることならお爺ちゃんの姿に見えてた方が」

「この顔はお気に召しませんか？」

　うるうるとした美人の破壊力に思わず、自分の顔面を両手で覆う。

「いや、美人は目に毒で。その顔面偏差値高すぎてしんどい」

「美人とは？」

　不思議そうなダーシャン様の声にムーレット導師はまたクスクスと笑った。

「王族の方でも、もう私が妖精族だと知る者は一人も生きていませんからね」

そう言いながらムーレット導師がパチンっと指を鳴らした。

「うわ！」

ああ、視覚をいじる魔法か何かをかけたのだろう。

「これは、美人だ」

「あはは、気持ち悪いですよ。こんな見た目でも男ですから」

ダーシャン様が苦笑いをしている。

「ではそろそろ行きますか」

ムーレット導師はそう言いながら、ソファーに近づきクッションを一つ手に取ると、何やらモゴモゴと呪文を唱えた。

何が起こるのか、ワクワクする。

クッションが私そっくりになり、ソファーにポスンと座る。

「しばらくの間騒ぎにならないようにセイラン聖女がいることにしたいですし、万が一人が入って来て怪しまれないよう目を閉じて寝ているように偽装しましょう」

元クッションの目元をムーレット導師が覆うと目が閉じられた。

何だか自分の死体を見ているようで凄く嫌だ。

マジマジと私が見つめると目がカッと開かれた。

飛び上がるほど驚いた。

ホラーすぎて本当に嫌だ。

「このヒト動くんですね」

「私がいる時は動かせますよ。ただ、声は出ないですが」

ムーレット導師はニコニコしていたが、見た感じ気分のいいものではない。

「とりあえず、よろしくお願いします」

私がその元クッションに軽く頭を下げると、激しく頷きだして怖かった。

怯える私を他所に、ムーレット導師が口を開いた。

「これでいい、では行きましょうか」

こうして私はお城から脱出することになったのだった。

ムーレット導師に案内されたのは暗くておどろおどろしい雰囲気の森で、周りからは常にガサゴソと音がし、そのたびにダーシャン様が様子をうかがうことになるような場所だった。

実際に生き物がたくさんいて、兎のような小さなものから熊のように大きなものまで見られたが、奥に行くにつれて黒い生き物が目立つようになった気がした。

「気味が悪いんですけど」

呟く私に、ムーレット導師はクスクスと笑った。

「仕方がないのですよ。ここには随分長らく聖女の力が介入していないので魔素が溜まる一方なのです」

「魔素？」

私が首を傾げると、ムーレット導師はサッと前を向き、チッと舌打ちをしたように見えた。

「今、舌打ちしました？」

「気のせいでは？　そんなことより、エリザベート嬢は魔素についての話は一切していないのですか？」

「はい。初めて聞きました」

　エリザベートさんは、『私の言う通りにやればいい』しか言わなかったから、魔素と言う言葉すらはじめましてである。

　私がはっきりと頷くと、また舌打ちのような音がした。

「舌打ちしてますよね？」

「気のせいですよ。では、何故聖女がこの世界に必要かも聞いていないのですね」

「はい」

　元気よく返事をすれば、後ろを歩いていたダーシャン様がため息をついた。

「そりゃ、逃げるわな」

　ムーレット導師はしばらく遠くを見つめてから、優しい声音で説明をしてくれた。

「この世界には魔力というものが至るところに存在しています。魔力は人や動物などが使うことによって常に消費されます」

「魔法にするってことですか？」

　私が聞けば、ムーレット導師はパチパチと拍手をしてくれた。

「正解です。魔法として消費するのです。ですが、誰にでも魔法が使えるかと言ったら違います。ちょっとした魔法を使える人はいますが、魔力は常に湧き出しているため、使いきることは不可能と言って過言ではないのです」

私はサッと右手を高く上げた。

「ハイ。では、使いきれなかった魔力はどうなるんですか？」

「良い質問ですね。使いきれなかった魔力が魔素になるのです」

魔素が溜まったからおどろおどろしい森になるってこと？

「魔素になってしまった魔力は使えないのですか？」

「そうです。その上、魔素に長く当たっていると魔物になってしまうこともあります」

「大変じゃないですか」

「そう。大変なのです。そこで、聖女様の出番になります」

聖女は歌と踊りで浄化をするってことだけは聞いていた。

「歌って踊ると魔素が魔力になるのですか？」

「惜しいですね。正解は、聖女様の歌と踊りで魔力も魔素も空に持っていくのだと言われています」

空に持っていく？　日本の伝統的な呪文の『痛いの痛いの飛んでいけ～』みたいに、魔力も魔素も空に飛んで行け～ってするのを、ふと考えてしまった。

「だから、聖女様は月の神ルルーチェフの加護を持ってやって来るのだと言われているんですよ」

ああ、召喚された時に言っていた神様が月の神なら、空と言うより月に魔力や魔素を送るのが正解なんじゃないだろうか？

「魔素が詰まっていたから、何も生えていなかった新緑の神殿の植物が魔素がなくなって本来の長さまで成長した。って感じですか？」

「セイラン聖女は一を聞いて十を知る才女でらっしゃいますね」

「私が住んでいた世界には異世界に飛ばされた人の本がたくさんあって、似たような話を読んだことがあるだけです」

「そんな文献があるのですか。素晴らしい」

うん。ラノベという名の文献です。

「なので、私が才女ってわけではないですから」

「ご謙遜を」

全然信じていないムーレット導師に私は苦笑いを浮かべることしかできなかった。

その後、どんなに才女じゃないと言っても謙遜だと思っているらしい笑顔を向けられるだけだった。

しかも、次第に道のりは険しくなり、口数も明らかに減った。

主に私だけが。

「さあ、あと少しですよ」

ムーレット導師はずっと同じことを言っている気がしてならない。

もう、無理。

そう思った瞬間、突然開けた場所に出た。

空気も澄んでいる気がするその場所は、崖下にあって小さな畑とまるで魔女の家のように蔦のからまった小さな家。

その近くに岩を積んだような場所があり、そこから水が溢れ出している。

「さあ、着きましたよ」

ムーレット導師は家のドアを開いてくれ、私はおっかなびっくり中を覗き込んだ。

中は私が想像していた廃墟でも、見た目通りの魔女の家のようでもなく、カントリー風で綺麗な家だった。

「ふあ。暖炉がある！」

都会の喧騒の中で憧れていたスローライフが、ここでなら簡単にできそうな予感にテンションが上がる。

「暖炉はどんな家にでもあるだろ？」

ダーシャン様が不思議そうにしている。

「聖女の世界では囲炉裏とかいうものがあると聞いたことがあります」

ムーレット導師の言葉に苦笑いしてしまった。

「昔はそうだったみたいですけど、うちはなかったですよ」

「いろりとはどんなものか想像もできないのだが？」

私は、昔祖父と見ていた時代劇を思い出しながら説明をした。

「えっと、家のリビングあたりに穴を掘って砂か何かを入れてその上で焚き火をするみたいなイメージですかね？　串焼きの魚とかを砂に刺して焼くのを見たことがあるようなないような」

囲炉裏なんて、今や観光地の見せ物だったり、高級な旅館のアトラクションのような扱いでは？

「火事にならないのか？」

「不思議ですよね。建物が全て木製なのに火事にならないんですよ」

ダーシャン様はかなり驚いた顔をした。

「火の妖精に愛される民族なのでしょうね」

ムーレット導師は何やら、コクコクと頷いていた。

そんな話をしながら部屋を見て回るうちに、私はあることに気づいた。

「埃一つないですが、ムーレット導師がお掃除してくださったのですか？」

「いいえ。この辺は妖精がたくさんいるので、綺麗好きなやつが勝手に掃除していくのですよ」

靴を作る妖精の絵本を昔読んだ記憶があるが、あんな感じだろうか？

「ああ、ほら部屋の隅に」

ムーレット導師が指差した先には、フワフワと毛玉のようなものが浮いていた。

毛玉は全部で三つ、ピンクと水色と黄緑色でふわふわと天井に近いところを飛んでいた。

「ファンシー」

思わず呟いてしまった。

「あの子らが、掃除をしてくれてたみたいです」

ムーレット導師はピョンと飛び上がると、ピンクの毛玉を鷲掴みにした。

乱暴すぎるんじゃないだろうか？

「はい、どうぞ」

ムーレット導師は私にその毛玉を差し出した。

「あ、どうも」

反射的に手を出すとその上に毛玉がぽとりと落とされた。

掌に落とされた毛玉はポロポロと涙を流していた。

毛玉は今気がついたが、瞳の色は赤で猫みたいな耳と細長い尻尾がある。

慰めたい気持ちで、目の前の頭だと思う場所を人差し指で撫でると、キョトンとした目線を送ってきて可愛い。

「お掃除してくれてありがとう」

よく見ると所々黒ずんでいる。

汚れなんて気にしていないと解るように毛玉に笑顔を向けると、毛玉は掌の上でぴょんぴょんと跳ねた。

可愛い動きに何だか嬉しくなってしまった。

「大して力の強い妖精ではないのに、我が主人様に気に入られるとは生意気な」

ムーレット導師が何かを呟いていたが、私にはよく聞こえなかった。

「ここまで護衛に来るのは、やはり遠いな」

ダーシャン様の呟いた言葉はまったくもってその通りであった。

「護衛なら私がしますよ。ダーシャン殿下」

「いや、そう言うわけにはいかない」

私は前々から思っていたことを、今聞くことにした。

「そう言えば、何で王太子様が聖女の護衛をするんですか？　王太子様ならむしろ護衛対象では？」

その瞬間、空気がピーンと張り詰めた気がした。

聞いてはいけないことだったのだろうか？

「逃がさないためですよ」

ムーレット導師がにこやかに物騒なことを口にした。

「へ？」

「聖女を王妃にしてしまえば、聖女は国から離れられなくなる。だから、王太子が聖女の護衛につき聖女の心を掴む必要があるのです」

ドン引きする私と何故かニコニコしながら説明するムーレット導師を、ダーシャン様はオロオロしながら口をパクパクと動かしていた。

あれは、言い訳を探しているのかもしれない。

そう思った瞬間、ダーシャン様は項垂れた。

良い言い訳が思いつかなかったのだろう。

そんなダーシャン様を慰めるように水色の毛玉が、ダーシャン様の頭の上でポンポンと跳ねていた。

水色の毛玉は良く見れば犬？　みたいな耳とふさふさの尻尾が生えていた。

もしかしたら、黄緑色の毛玉も動物のような見た目をしているのかもと思い、黄緑色を探すとムーレット導師の肩の上にいた。

毛玉にしか見えないと思ったら、小さな羽を広げだしたので、鳥のようだ。

毛玉に気を取られているうちに、ムーレット導師が私の肩を抱きながらダーシャン様に笑顔を向けた。

「ダーシャン殿下は、王宮にお戻りいただいて大丈夫ですよ」

ダーシャン様はグッと息を詰めた後、真剣な顔をした。

「そういった意味合いがあるのは認めるが、護衛を導師だけに任せるわけにもいかない。王妃とかそういったことを除いてもセイランは良き同士で妹のような……いや、年上だし、姉のような存在だ。責任もあるし俺が守る」

真剣な眼差しで格好良く見えなくもないセリフを言っているのに、頭の上の水色の毛玉が青い瞳を三角にして犬が威嚇するように尻尾と耳を逆立ているのが可愛くて可愛くて、話に集中できない。

ムーレット導師の肩にいる毛玉も何故か緑の瞳を細めて胸をそらした感じが見下しているように見える。

えっ、なんなの？　むっちゃ可愛いんだけど。

思わずニヤニヤしてしまう。

「セイラン、何を笑っている」

「えっ……あ、すみません。妖精さんが可愛くて聞いてませんでした」

はーっと豪快にため息をつかれてしまったが、妖精達は嬉しそうに私に飛びついてきた。

可愛い‼

両方の頬を水色と黄緑色の毛玉にスリスリされた。

幸せだと思ってしまった。

「ひゃぁぁぁぁモフモフ〜〜〜」

ええ、ダーシャン様とムーレット導師にドン引きした顔をされましたよ。

「セイラン聖女はモフモフしたものがお好きなのですか？」

「嫌いな人います？ 仕事に疲れた人間はモフモフに癒やされるでしょ？ 私も家ではモフモフの動画とキャンプ動画に癒やされていました」

まあ、アニメを見る時間以外で、ではあるが。

「モフモフドウガとは？」

不思議そうなダーシャン様を無視して妖精と戯れたのは決して説明が面倒だったわけじゃない。

「キャンプとは何ですか？」

ムーレット導師の質問に、私は笑顔で答えた。

「野営のことです」

「遠くへ旅に出るのですか？」

この世界での野営は旅とイコールなのかもしれない。

「庭先にテントを張って焚き火で料理をして夜をあかすだけでもキャンプですよ。娯楽としての野営がキャンプです」

ダーシャン様もムーレット導師も理解できないと言いたそうな顔をしていた。

私は気にせず毛玉達と戯れ、いいことを思いついた。

この毛玉達に名前を付けてあげよう。

ピンクの子の頭を撫でながら、私はぽつり呟いた。

「君達は瞳の色が宝石みたいに綺麗だね」

私は毛玉達を両手に乗せた。

「君はサンゴで君がルリで君がヒスイって呼んでいいかな？」

私がピンク水色黄緑の順に頭を指で撫でると、毛玉達は淡く光ったように見えた。

「あー！　セイラン聖女何をしてるんですか‼」

ムーレット導師が慌てて私の腕を摑んだ。

何かダメだっただろうか？

腕を摑まれた反動で、毛玉達が床に落ちてしまい、焦ってしまう。

毛玉達は床に落ちる途中で、それぞれピンク色の猫と水色の狼と黄緑色の梟に姿を変えた。

「変身までできるなんて、妖精って可愛い」

はしゃぐ私の手を摑んだままのムーレット導師が深いため息をついた。

「違います。セイラン聖女がこの者達に名を与えたせいで、妖精が力を持ってしまったのです」

呆れ顔のムーレット導師を他所に、猫になった妖精は私の足に擦り寄り、狼になった妖精は私の手を鼻で押して撫でてほしそうにしていて、梟になった精霊は私の肩にとまり、顔に羽毛を押しつける。

語彙力を全て失うほどに可愛い。

「妖精は名をもらうと、姿を変えるのか」

ダーシャン様が優しく狼の頭を撫でると、狼はダーシャン様の回りをくるくると回って擦り寄る。

ダーシャン様も嬉しそうに狼の頭を撫で回していて仲良しだ。

「ルリだったか？　お前、人懐っこくていい子だ」

完全に犬扱いするダーシャン様を嫌がらずに、盛大に尻尾を振るルリが可愛い。

「ダーシャン殿下、ルリは獣ではなく妖精だということをお忘れではないですか？」

ムーレット導師と同調するように梟のヒスイが頷いている。

私は猫のサンゴを腕に抱き抱えた。

「あっで、話は戻るのですが、ダーシャン様も王太子の仕事があるし、ムーレット導師も

せいらん

導師の仕事があるでしょ。だから、護衛はいりませんよ。ただ、一人ぼっちは寂しいので、たまに遊びに来てくれたら嬉しいですけど」

ダーシャン様は何と言ったらいいのか分からないようで口を引き結んだ。

「セイラン聖女、こちらに来ていただけますか？」

そんな中、ムーレット導師が柔らかに私を促したのは家の奥だった。

連れて行かれたのは色とりどりの扉のある部屋だった。

「こちらの白い扉を、開いてみていただけますか？」

私は恐る恐る、言われた白い扉を開いた。

そこは、新緑の神殿の私の部屋だった。

訳がわからず扉を閉めるとムーレット導師がクスクスと笑った。

「これで、神殿のセイラン聖女の部屋とこの扉が繋がりました。白い扉が神殿です。こちらの青い扉は先に私が開きます」

そう言ってムーレット導師が開いたドアを通るとそこはどこかの路地裏のような場所で、一本先の道でザワザワと忙しなく人が行き交うのが見えた。

「街？」

私は直ぐさま青い扉に戻りムーレット導師の顔を見た。

「これでこの扉は街に繋がりました。他に行きたいところはありますか？」

「こんな便利なものがあるのですか？」

アニメでしか見たことのない『あったらいいな～』が目の前にある気がしてビックリする私。

それを、慈愛に満ちた顔で見つめるムーレット導師。

「この扉は初代聖女様が作った魔法の扉です。神聖力の高い者にしか使えない扉で、初代聖女様以外では初めて、使える聖女様を見ましたよ」

そうやって言われると、私って結構凄い力を持っているのかもしれない。

「再度聞きますが、他に行きたいところはありますか？」

ムーレット導師に聞かれた言葉に最初に思い浮かんだのは、元いた世界の私の部屋だった。

でも、もうあの部屋すら私の部屋ではないし、行きたい場所など思い浮かばない。

「……行きたい場所……一個も思い浮かばないです」

途端に自分がつまらない人間に思えて何だか泣きたくなる。

「セイランはここに来て、まだ日が浅いんだ。行きたいと思える場所なんて知らないだろ？」

ダーシャン様の言葉はぶっきらぼうだったが、私を気遣ってくれているのが明白だった。

「何だか気を使わせちゃいましたね」

「当たり前のことだろ」

ダーシャン様はニカッと笑った。

そんな気遣いに嬉しくなってしまう。

「ダーシャン様は憧れのお兄ちゃんって感じです」

実際の兄なんかより、よっぽど素敵(すてき)なお兄ちゃんだ。

「兄に対して良いイメージがないから喜んでいいのか困るな」

苦笑いするダーシャン様もダメ兄を持つ人だったと笑ってしまった。

新生活を始めます

あの後、護衛に残ると言うダーシャン様を送り返そうとするムーレット様をどうにか説得して城に帰ってもらった。

勿論(もちろん)、あの森の中を歩いて帰るのは可哀想(かわいそう)だから、白い扉(とびら)から帰ってもらった。

あの扉があるなら、あの距離(きょり)を歩く必要はなかったのでは？　と思った。

ムーレット導師にそのことを言えばもし万が一、扉を使えなくなった時に迷子にならずに神殿(しんでん)にたどり着けるようにしたかったのだと教えてくれた。

ごめん。道なんて覚えてない。とは口が裂(さ)けても言えない。

二人が帰る前に、三人で街に行き買い物をした。

この世界のお金を初めて見た。

物価はかなり安いと思う。

自炊(じすい)は、就職する前からやっていたから心配はないはずだ。

街に出てみて一番驚(おどろ)いたのは人々の髪(かみ)の色がとてもカラフルだったことだ。

派手な色もパステルカラーの人もいたが、黒や茶色といった日本に馴染(なじ)みのある色合いは一人も見当たらなかった。

瞳の色も一緒だ。あの中でコスプレしていなかったら悪目立ちすることこの上ないだろう。

普段はできるだけセイランのコスプレをして、街に馴染むためには、別のアニメのコスプレにし直すのもいいかもしれないと思った。

その日は疲れが一気に出て、夕飯も食べずに妖精三匹と眠りについたのは仕方がなかったと思う。

次の日、ムーレット導師が朝やって来て不自由はないかと聞いてくれたが、不自由なんてないし楽しくてしょうがない。

何せ憧れのスローライフを始めたばかりなのだ。

しかも。ムーレット導師は毎朝様子を見に来てくれるという。

心配だからそれだけは許してほしいとお願いされた。

ダーシャン様はどうしているか聞くと、ムーレット導師が作った私の替え玉人形を護衛するフリをしながら神殿で書類仕事をしているのだという。

時間を有意義に使っているようで安心した。

たまに、白い扉を潜って差し入れするのもいいかもしれない。

寂しさも、妖精達と一緒に過ごしているせいかあまり感じられない。

私はスローライフを満喫していたのだった。

「あ！　ルルハちゃん今日も新鮮なフルーツ入ってるよ」

「お兄さん、どんなフルーツ？　見せて見せて」

街に行く時の私はフリルのたくさんついたガーリーな服装の『マジカル少女、ルルハル♡ルルハ』の主人公のルルハのコスプレをしている。

髪色はパステルピンクでポニーテール、瞳も両方ピンクのカラーコンタクトを入れている。

明るい元気っ子で誰とでも直ぐに仲良くなってしまうキャラクターのおかげで私も人見知りせずに街に馴染めた気がする。

「ほら、味見してみな。『いちご』っていう珍しいフルーツだ」

この世界の野菜や果物は地球と同じ名称のものもたくさんある。

昔から聖女を召喚しているからなのか『聖女様の名付けた…』と言われるものもたくさんあって、知ってる名称のものが多いようだ。

「美味しそうですね。でもいいんですか？　珍しいフルーツなのに味見して」

「ルルハちゃんが美味しそうに食べてくれたら、みんな食べたくなっちゃうからね！　ほら一つどうぞ」

果物屋さんのお兄さんから、いちごを一粒もらって口に入れた。

程よい酸味と甘味に頬に手を当て唸る。

「う～ん。美味しい～。ジャムにしてもいいかも……どうしよう。買おうかな？」

真剣に悩んでいる横で何人かがいちごを買って行く。

もたもたしているうちにいちごは売り切れてしまった。

残念である。

まあ、慣れたもののように言っているが、森で暮らすようになってから一週間しかたっていない。

街の人達はみんなフレンドリーで治安も悪くないように感じる。

勿論、悪い人がいないわけではないが、絡まれたりとかはしないし、絡まれている人も見たことがない。

何とも平和に見えるが、街の人達に聞けばあまりいい顔はしない。

「街は塀に囲まれているし、騎士団の巡回もあるからねぇ」

調味料屋のお婆さんが眉を下げながら説明してくれた。

「街の中は比較的平和に見えるが、外は別だよ。野菜や果物も魔素にやられて育たなかったり枯れたり腐ったりするし、動物も魔獣化したりで肉の供給もあまりよろしくない。加えて新しい聖女様の力は微々たるものなのか、手を抜いてるのか分からないけどもっと頑張って儀式をしてもらわないといつまでたっても平和にならないねぇ」

調味料屋のお婆さんは困った困ったと言いながら去って行った。

「ルルハちゃん、こんにちは」

街の人達と世間話をしながら買い物を続けていると、突然声をかけられた。

躊躇いもなく振り返ったことを強く後悔した。

そこにいたのはよく声をかけてくれる騎士様とダーシャン様だった。

「あっ、騎士様！　こんにちは」

そして、さよなら〜と言いたいのを我慢して笑顔を向けた。

ちょっと逃げ腰だったのは、仕方がないと思う。

「ルルハちゃんこの街には慣れた？　困ったこととかない？」

騎士様が優しく聞いてくれるが、私はダーシャン様が気になって気が気じゃない。

「え〜と、皆さん優しくしてくれて助かってます。困ったことなんてありません」

騎士様に話しかけられたのが一番困っている。

「騎士様はお仕事ですよね。頑張ってください」

ニコニコしながら逃げるタイミングを図っていると、ダーシャン様が騎士様の肩を摑んだ。

「おいラグナス、そろそろ行くぞ」

こちらをチラッとも見ないダーシャン様って素晴らしいと思う。

そのおかげでバレないようで、そのままこっちを向くな～っと強く念じた。

「国民を気にかけるのも騎士の仕事じゃないですか！」

「お前の場合は下心が透けて見える。控えろ」

不満そうな騎士様を他所にダーシャン様は歩いて行ってしまった。

「あいつ、無愛想なんだよ。許してあげて」

「許すだなんて。怒ってませんよ」

「後で文句言われたくないから、行くよ。今日は森に魔物退治に行くんだ。明日聖女が森に行くから魔物を先に倒しておくんだって」

はーっと深いため息をつく騎士様に私は苦笑いを浮かべた。

「それ、機密情報なんじゃないですか？」

「あっ……ルルハちゃんはそんな情報悪用しないでしょ！　信じてるもん」

私はニコッと笑って騎士様の手を取ると言った。

「とにかく、怪我しないように頑張ってくださいね」

「う、うん。じゃあ」

私は手を振って騎士様を送り出した。

しばらく騎士様達の背中を見送っていた私は背後から腕を掴まれた。

「いやー、この街にこんな可愛い子がいるなんて知らなかったな」

　絵に描いたようなチンピラといった雰囲気の男三人が、私を見下ろしていた。

「あの、手を放してもらえませんか？」

　私の手を摑んでいる男が下卑た笑いを浮かべた。

「ええ～どうしようかな～？」

　こんなあからさまなチンピラはアニメや映画でしか見たことがない。

「俺達と一緒に来てくれるんなら放してもいいよ」

　手を放してもらったらダッシュで逃げようと思いながら頷こうとした時、私の腕を摑んでいた男の首元に剣が突きつけられた。

「何をしている？」

　低くドスのきいた声に、男から小さな悲鳴が聞こえた。

「手を放してやれ」

　男の後ろには、立っているだけで存在感のあるオーラを放つ男。

　ダーシャン様だ。

　見れば調味料屋のお婆さんが、後ろの方で肩を上下させながらゼーハーと荒く息をしながら私にいい笑顔を向けていた。

　わざわざ私を助けてもらうために、ダーシャン様を呼びに行ってくれたのだと解る。

「この辺は比較的治安がいいと思っていたんだがな、早く手を放せ」

男は渋々私の手を放した。

「クソッ」

私の腕を掴んでいた男とは別の男が、ダーシャン様を狙って短剣を取り出し投げてきた。

ダーシャン様はそれを動じることなく叩き落とし、短剣を投げてきた男に素早く近づき首の後ろを剣の肢で殴った。

短剣を投げてきた男は簡単に意識を失い倒れた。

そんな素早い動きで簡単に武器を持った人を制圧できるなんて、ダーシャン様はやっぱり顔面偏差値も高いが強さも半端ない。

これは、普通に胸が高鳴る。

「大丈夫か？」

固まる私を心配して、ダーシャン様が私の顔を覗き込んだ。

「セイラン？」

バレた！

私は上手い言い訳をしないといけないと思って内心パニックになった。

「あ、いや、人違いだ。何だか雰囲気が似てる気がしたんだが」

動物的勘なのか？　それとも化粧だけでは顔は大して変わらないのか？　ダーシャン様ならどんな自分になっても気づいてくれるんじゃないかと錯覚してしまいそうになる。

「とにかく、こいつらは騎士団に任せろ」

そう言って、ダーシャン様は私に背を向けた。

これ幸いと、不自然にならないようにダーシャン様にお礼を言ってから家路を急いだ。

青い扉をくぐれば、目の前にムーレット導師が立っていた。

「お帰りなさいませセイラン様、それは……変化の魔法ですか？」

ルルハのコスプレ姿を見ても驚いた様子のないムーレット導師にこっちが驚いてしまう。

「何故私だと分かったのですか？」

ムーレット導師は優雅に微笑んだ。

「私はセイラン聖女と契約していますから、それに魂の色までは変えられないですよ」

ムーレット導師は妖精だから、魂の色が見えるようだ。

「そんなことより、この家に結界を張った方がいいのではないかと思ってまいりました」

結界？

首を傾げる私にムーレット導師は本を差し出した。

本をパラパラとめくると、どうやら踊りの振り付けの本であることが分かった。

「この踊りでこの辺一体を認識できないようにできますよ」

「明日聖女が森に行くと聞いたのですが、そのせいですか？」

　ムーレット導師は困った顔をした。

「ご存知でしたか。ここまでヒメカ聖女が来るなんてことはないでしょうが、護衛の騎士が来ないとも限りませんから、念には念を入れましょう」

　私はムーレット導師の肩をバシバシ叩いた。

「そんな心配そうな顔しないでください。ちゃんと結界張りますから。ただ、街を見て歩いていても平和そうに見えますけど、聖女を森に連れて行くのですか？」

　私の疑問にムーレット導師は答えようとした時、緑の梟もといヒスイがムーレット導師の肩に乗った。

　ヒスイはムーレット導師がお気に入りのようで、ムーレット導師の顔に擦り寄っていた。

「この森の家以外は結構な数の魔物がうろうろしているんですよ。セイラン聖女の聖女の力が強いからか、何故か魔物達はセイラン聖女を避けているみたいですけど……心当たりはございませんか？」

　心当たりなんて全くない。

　私がうーんうーん唸りながら考えていると、ヒスイがホーっと一鳴きした。

「なんだって？　そう言うことか」

ムーレット導師は納得したように頷いた。

「ヒスイが何を言っているのか解るんですか?」

「私も妖精ですから。どうやらルリが頑張っているみたいですね」

朝勝手にお散歩に行って夕方帰って来る水色の狼を思い出す。

「近くに寄って来る魔物はルリが狩っているようです」

な、なんて優秀なボディーガードなんだ。

私が驚いている中、ヒスイが更にホーホーと鳴いた。

「夜は、ヒスイが警護していると言っています」

心なしかヒスイが胸を張っているように見える。

「いつもありがとう」

私が口に出してお礼を言うとヒスイは私の肩に移動してきて私の顔にモフモフの羽毛を擦りつけてきた。

可愛いかよ。

「サンゴは……癒やしを与えると言ってます」

「存在するだけで癒やしですよね。分かります!」

ムーレット導師は納得できないような顔をしていたが、気づかなかったことにした。

まあ、気を取り直して振り付けの本を読む。

本自体には三曲分の振り付けが書いてあるようで、棒人間のような絵で分かりやすく書いてある。

ただ一つ問題があるとすれば、曲が分からないのだ。

「ムーレット導師」

「はい」

いい笑顔でいい返事をされた。

「曲は？」

「？」

あからさまに首を傾げられた。

曲はないのかもしれない。

私は本を見ながら軽くステップを踏むことにした。

頭の中でワン、ツー、スリーとカウントしながらリズムを取る。

決して難しい振り付けではない。

粗方ステップを確認してから、私はムーレット導師に笑顔を向けた。

「ちょっとやってみるので、間違ってたら教えてください」

ムーレット導師に本を預けて、少し距離を取って壁や家具にぶつからないように気をつけながら意識を集中する。

また、頭の中でカウントをしながら手の振りも合わせる。

記憶力はいい方だから合っているはずだ。

気持ちよくステップを踏む足元が何だか薄ら光っているような気がしたが、振りを忘れそうなのでやりきった。

私がゆっくりとお辞儀までして顔を上げると、ムーレット導師の目から涙が溢れて落ちた。

「ムーレット導師？」

「すみません。あまりにも……」

ポロポロと涙を流すムーレット導師はあまりにも美しくて近寄りがたい雰囲気を出していて、肩に乗ったままだったヒスイが心配そうにムーレット導師の顔を覗き込み、そのくちばしを涙に向かって突き刺した。

えも言われぬ悲鳴が響いたのは言うまでもない。

ヒスイは目を押さえて転がるムーレット導師から離れて私の肩に乗った。

気持ち申し訳なさそうにしているから、慰めようとしたに違いない……そうだと信じたい。

しまいには、目を押さえたまま動かなくなったムーレット様を死んでいないか、確認するはめになった。

「だ、大丈夫ですか？」

「ダメです」

キッパリとした返事に、怒っていることだけが伝わってきた。

私は仕方なく目を押さえたままのその手の上に手を置き、祈るような気持ちで呟いた。

「え〜と、痛いの痛いの飛んで行け〜」

すると、明らかに指先が温かくなった。

もしかして、ただのおまじないが効いてる？

私は何度もおまじないの言葉を呟きながら目の上にある手を撫でた。

「どうですか？　まだ痛いですか？」

しばらくおまじないを続けた後に聞けば、ムーレット導師の目はだいぶ良くなったようだった。

このおまじないも、リズムがあるから歌判定なのかもしれない。

「セイラン聖女、私は数百年生きてきて初めて、こんなに感動しました」

ムーレット導師がしみじみと語る言葉に、一瞬何のことを言っているのか分からなくて首を傾げそうになってしまったが、きっとダンスを褒めてくれているのだろう。

「ダメなところはありませんでしたか？」

「素晴らしいとしか……言葉が出ません」

褒め言葉が大袈裟だが、嬉しいからその気持ちはありがたく受け取ろう。

「で、本番はどこでやればいいですか？」

「本番？」

しばらくの沈黙が広がった。

「いや、結界を張る本番」

「もう、張れていますよ？」

私は慌てて家の外に出た。

すると、家から百メートルぐらいの範囲に薄いピンク色のドーム型の膜がかかっていた。

あんな音のないダンスでこんなのが張れるなんて。

信じられない気持ちで頭を抱えてしまう。

「えっ？　じゃあ、鼻歌とか歌ったらどうなるの？」

「それはどういった歌でしょう？」

背後からムーレット導師の声がして、そこで自分が考えていたことを口に出してしまっていたことに気がついた。

「鼻歌とは？　初めて聞く歌です」

瞳をキラキラとさせたムーレット導師に歌いたくない！　は通用するはずもなく、軽く少しだけと約束をして私は鼻歌を披露することになった。

かと言って、鼻歌は別に鼻歌という曲なわけではない。

鼻歌とはハミングである。

ってことは、何かしらの曲が必要だ。

私はハミングに適している曲を考えた。

簡単なもので言えば、ＣＭソングだろう。

だが、その曲によっては頭から離れなくなり勝手に鼻歌として無意識に歌ってしまう可能性がある。

私の聖女の力が強いのは何となく理解したつもりだが、無意識の鼻歌なんてどんな効果を及ぼすのか？　できることなら鼻歌禁止が妥当なはずだ。

なら、何がいいのか？

私は悩んだ末に某国民的横スクロールゲームのステージソングをハミングすることにした。

簡単な割に最後まで歌える自信のない雰囲気に丁度良さを感じたからだ。

最後は穴に落ちた時の効果音的なものにして、短縮もできそうだ。

「じゃあ、少しだけですからね」

そう前置きをして私はハミングを始めた。

思い出せるところをとりあえず考えながらハミングしているともっと歌いたい衝動に

駆られたが、居た堪れない。

ムーレット導師が私の目の前に陣取り、彼の頭にはヒスイがハミングに合わせて体を左右に振っている。

恥ずかしさも相まって、十秒ほどでやめてしまったが、何だか空気が変わった気がした。

私がムーレット導師の方を見ると、彼の周りに色とりどりの光の玉が飛んでいて、それを気にした様子もなくムーレット導師が音を抑えた拍手をしていた。

拍手は嬉しいが、光の玉の説明が欲しい。

光の玉はムーレット導師から離れると私の周りをクルクルとひとしきり飛び、外に向かって消えていった。

「軽快な音楽に低級妖精達が一気に集まってきましたな」

少し興奮した様子のムーレット導師に若干引いたのは仕方がないと思う。

「さっきの光の玉が低級妖精なんですか？」

私が首を傾げると、ムーレット導師がクスクスと笑った。

わけも分からず笑われるのは気分が悪い。

「何がおかしいのですか？」

ムーレット導師がコホンと咳払いをした。

「妖精達はセイラン聖女をかなり気に入って飛び回っていたのに報われないものだと思い

まして」

ムーレット導師は気を取り直そうと、深呼吸をした。

そして、今気づいたと言いたそうな顔をした。

「空気が清められたのがお分かりですか？　軽い病気であれば直ぐに治ってしまいそうですぞ」

ムーレット導師の言葉から読み取るに、私の鼻歌は空気清浄機の機能があるようだ。

聖女のお仕事（ヒメカ目線）

あの日、私は異世界にやって来た。

学校から帰ってきて制服から私服に着替えて、友達と遊ぶために部屋から出ようとドアを開けたら、そこはもう異世界だった。

はっきり言って、何が起きたのか分からなかった。

でも、私を『聖女様』と言ってくれた人がエンジェルパーマの金髪に優しそうな碧眼のザ・王子様って感じであまりにもイケメンで、このまま異世界生活送るのもありだなって思っちゃった。

それに、この世界ってイケメン揃いで、自分が乙女ゲームのヒロインになったみたい。

この世界を救うために私がしなくちゃいけないことは歌って踊ること。

毎日のようにカラオケに行ってたし、学校の授業でダンスもひと通りやってたから、私が選ばれたんじゃない？

綺麗な花が咲き乱れる神殿にたくさんの召使い。

極めつけに私の護衛にあのエンジェルパーマの彼がついてくれることになった。

そして、やっぱり彼はこの国の王子様だった。

ただ、弟で騎士団長をしているダーシャンに罠にはめられて王太子の座を奪われてしまったのだと寂しそうに語っていた。

何なのそれ、私が絶対彼を王太子に戻してあげる。

そう思ったんだけど、ダーシャンって無口で職務を全うする雰囲気を纏ってて、マジでイケメン。

あれは絶対攻略対象者だと思う。

なら、敵対するより仲良くなって私が選んだ方を王太子にしちゃえばいいんじゃない？

私って凄く天才。

私の計画では直ぐに二人の心を摑んで『私のために争わないで！』みたいな展開になると思ってたのに、何だか知らないけどもう一人聖女が召喚されたの。

真っ赤な頭に赤と青のオッドアイのダサいジャージを着た女性。

異世界に来てから聖女についての勉強をちょっとしたけど、素晴らしい力を持っている聖女って黒髪黒目らしくて、私の焦げ茶の瞳と茶色の髪は黒に近いから凄くチヤホヤしてくれた。

だからもう一人の聖女の赤い髪に赤と青のオッドアイなんて嫌厭されるのは当たり前だったみたい。

聖女って地球の日本人だけが呼ばれるのかと思ったけど、地球以外のところからも呼ばれることもあるんだな〜。

だって、赤髪（あかがみ）は染めればどうにかなるけど赤と青のオッドアイとか無理でしょ。

カラコンだって青は見たことあるけど眼鏡屋さんでも薬局でも赤は見たことないもん。

まあ、彼女はたぶん当て馬ライバルキャラってやつなんだと思う。

ただ予想外だったのは、彼女が来たことでダーシャンと会う機会が凄く減ってしまったのだ。

それと言うのも、ダーシャンが彼女の護衛になってしまったから。

きっと嫌々（いやいや）やってるんだわ。

だって、あんな可愛（かわい）くないダサジャージ女より私と一緒（いっしょ）にいた方が楽しいに決まってるもん。

早くライバルを蹴散（けち）らして恋愛（れんあい）ルートに進まなくっちゃ！

聖女にはちゃんとお仕事があって、毎朝神殿で神様にお祈（いの）りをして国についての勉強をして歌の練習にダンスの練習をする。

あとはたまに森に行って歌って踊るだけ。

日本の歴史だって覚えられないのに、他の国の歴史なんて全然覚えられないけど、日本でもやってるフリだけは上手だったから問題ないと思う。

その日は、森に行って歌って踊る日で、この日となればいつもはいないダーシャンも護衛についてくれる。

『もう一人の聖女は歌もダンスもいまいちで、まだ森の浄化には連れて来られない』ってダンスを教えてくれるエリザベートが言ってた。

やっぱり私が真の聖女なのは明白だ。

それなのに、導師で一番偉いムー何とかおじいちゃんはもう一人の聖女の肩を持つ。

私を召喚した若い導師達にも厳しくて、本当穏やかな顔して老害なんだから。

早く引退すればいいのに。

そんなことより、森の中では私が主役、勿論ヒロインだし。

歌も、みんなが小学生の頃に習ったような歌ばかりだし、楽しく歌いながら山道を歩く。

でもそんなの一時間ももつわけない。

だって山だよ！　坂道登りながら歌とか鬼畜すぎ。

山を登れば登るほど森は何だか黒ずんだ雰囲気を出してて怖いし、いつ魔物が飛び出してきてもおかしくない。

そう思ったその時、目の前に真っ黒い犬が現れた。

グルグルと低い唸り声を上げて威嚇してくる。

「聖女様、浄化の歌を」

そう誰かが叫んだけど、怖くて無理！　私は第一王子のナルーラの背後に隠れた。

ダーシャンのいる方から舌打ちが聞こえた。

私がナルーラに頼ったからってそんなあからさまな態度をとるなんて♡って思った瞬間ダーシャンは犬を斬りつけようとして、更に森の奥に向かって走って行ってしまった。

ダーシャンのお付きの騎士も何人かその後を追った。

「聖女に何かあるといけない。残りの者達は聖女を護りながら下山」

ナルーラは私を気遣いながら神殿まで送り届けてくれたのだった。

ああ、本当に怖かった。

森の危険とは（ダーシャン目線）

俺は真っ黒な犬を追いかけていた。

昨日、この辺には魔物がいないことを確認していたし、魔素もこの辺は濃くないのに何故？

「ダーシャン様、挟み撃ちしますか？」

騎士団の副団長を務めるラグナスが俺に提案してくる。

「ラグナス、前に出れるか？」

青い髪を後ろで一つに束ね、髪と同じ色のタレ目がチャラく見えてしまう割に、仕事はしっかりこなす、それがラグナスという男だ。

「ダーシャン様がそうしろと言うなら！」

そう言ったのと同時にラグナスは加速して黒い犬の前に回り込む。

突然目の前にラグナスが現れたことに動揺した犬は踵を返して俺の方に方向転換した。

一発で仕留める。

そう思った瞬間、俺は怯んでしまった。

黒い犬だと思っていた犬の右耳が水色だということに気づいてしまったからだ。

俺が隙を見せたせいで腕に思いっきり噛みつかれてしまった。

「ダーシャン様！」

ラグナスが近くに駆け寄り剣を向ける。

「お前、ルリか？」

俺の言葉に噛みつく力が少し弱まる。

やっぱり、コイツはセイランの契約妖精のルリだ。

斬りつけなくてよかったと安堵の息を吐く。

噛みつかれた腕を引き抜き、その手でルリの口をがっしりと掴む。噛まれなかった方の腕でルリの体を小脇に抱えた。

「ダーシャン様？」

「大丈夫だ。いや、大丈夫じゃないが殺すな」

俺は森の奥を見つめて言った。

「くそ、ラグナス。登るぞ」

「はあ？」

説明している暇はない、早くセイランのところに連れて行って浄化してもらうしかない。

もがくルリを何とか小脇に抱えて走る。

大丈夫だ。一緒に山を登ったんだから、どの辺に家があるか分かってる。

セイランならどうにかしてくれる。

ヒメカ聖女は結局、魔獣を前にしたら何もできない、守ってもらうのが当たり前のただの女だった。

彼女にルリを浄化してほしいと言っても、ナルーラにルリを殺される危険性の方が高い。

俺は腕から血が滴るのも気にせず走った。

そして、どうにかセイランの住む、森の開けた場所にたどり着いた。

だが、見渡してみても小屋がない。

水の湧き出る岩があるからここで間違いないはずなのに。

絶望しかけた自分の耳にセイランの声がした。

見れば何もない空間から一人の少女が現れた。

「ダーシャン様！」

駆け寄る少女はセイランではなかった。

先日、ラグナスと親しそうに話をしていたピンクの髪の少女だ。

「ルルハちゃん？」

俺の後ろでラグナスの困惑した声が聞こえた。

「セイランを呼んでくれ。ルリを助けたいんだ!!」

俺の腕に抱えられ口を押さえられてもがくルリを見て、彼女は目を見開いた。

俺は彼女を知っている気がした。

見た目は違うとしか言いようがないのにセイランに見えて仕方がない。

何を考えているんだと思う俺を他所に、彼女は凶暴化しているルリの頭を撫でながら、ゆっくりと歌い出した。

眠りを誘うしっとりとしたバラードで、子守唄のようなものだと思う。

すると、撫でていた頭から徐々に黒い色が溶けてルリ本来の水色があらわになり、歌が終わる頃には正気を取り戻したようで、噛んでいた俺の腕を解放し、申し訳なさそうに傷を舐め始めた。

そして、彼女は俺の腕を手にとると更に聞きなれない歌を歌った。

見る見るうちに傷が治っていく。

「セイランなのか？」

こんな神力が使えるなんて、セイランだと言ってるようなものだ。

「バレちゃいますよね」

えへへと言いながら頭を掻く姿はセイランにしか見えなかった。

「ルルハちゃんが何で？」

信じられないものを見たと言わんばかりのラグナスに、セイランは苦笑いを浮かべた。

「ルルハちゃんが、聖女ってことですか？　団長」

俺に聞かれても。

「え～と、説明するので、とりあえず中に」

彼女が案内した場所に入ると、目の前に小屋が現れた。

「結界の魔法を教えてもらったのでかけてみたんです」

そう言いながらセイランはルリの頭を撫でて小屋に入って行った。

俺とラグナスはゆっくりと彼女の後を追った。

「お茶でいいですか？」

「いや、お茶ではなく……」

見ればムーレット導師がお茶を飲んでくつろいでいた。

「導師は何故ここに？」

ムーレット導師はフーっと息を吐き出した。

「今日は城にヒメカ聖女様がいないので、街でセイラン聖女とデートでもしようかと思ってたのですが……」

ムーレット導師は更にため息をついた。

俺の横でルリがグルグルと威嚇する。

「セイランに変幻の魔法をかけたのですか？」

明らかに見た目の違うセイランをチラッと見るとムーレット導師は首を横に振った。

「セイラン聖女は自身で姿を変えることができるようですね。まあ、私は魂の繋がりがあるので姿が違えど直ぐに判別できますがね」

胡散臭く笑うムーレット導師を無視して、セイランがお茶をテーブルに置きながら言った。

「これはコスプレですよ。街では私だと気づかれないようにこの格好をしているんです」

「こすぷれとは？」

俺が聞けば、セイランはニッコリと笑った。

「コスプレとは、自分ではない……この世界にアニメはないから、……そう、動く絵本の中に出てくる登場人物になりきる行為みたいなもの？　かな？　私はこの格好をするとテンションが上がったり勇気が出たり力をもらえるんです」

どんどん勢いをなくすセイランの声に、ラグナスが口を挟んだ。

「それは、観劇の役者のようなものってこと？」

「そう！　さすが騎士様！」

嬉しそうなセイランの態度にラグナスの表情が緩む。

「じゃあ、ルルハちゃんの本当の名前がセイランちゃんってこと？」

その言葉にセイランは目をパチパチと瞬く。

いっている。

「乙女の秘密を暴こうとするのは良くないと思うな」

可愛く誤魔化そうとしているセイランの笑顔に、ラグナスは更に顔がだらしなくなっていっている。

「そんなことより、どうしてルリが真っ黒になってしまったのか、ムーレット導師は分かりますか？」

セイランはルリの顔をワシャワシャと撫で回しながら心配そうに聞いた。

「そうですね。絶対とは言いませんが、たぶんセイラン聖女のためにこの辺にいる魔獣を倒していたからかもしれませんね」

セイランが首を傾げると、ムーレット導師がニッコリと笑った。

「今は結界を張ったので大丈夫ですが、魔獣や魔物と呼ばれる存在がこの辺にいないわけではないので、ルリが近づく魔獣や魔物を倒しているうちに、蓄積した魔素を多く取り込んでしまったのではないでしょうか？」

ルリはセイランから視線を逸らして申し訳なさそうにしている。

「ルリは私を守ってくれてたんだね」

セイランは感極まったようにルリに抱きつき撫で、額にキスをしていた。

嬉しそうに尻尾を振るルリに何故かモヤっとした気持ちになる。

そんな気持ちを深く探る前にムーレット導師がゆっくりと立ち上がり殺気を振りまきな

がらルリに近づいて行くのが見え、ムーレット導師をはがいじめにして止めるはめになり、そんな気持ちになったことすら忘れてしまったのだった。

快適な暮らし？

ルリが魔獣化してしまった後、私はやれることをしようと考えていた。

私にできることと言えば、歌って踊ることぐらいだ。

鼻歌を歌うと妖精達が寄ってきて飛び回るし、サンゴが歌に合わせてウニャウニャと鳴くのが可愛くて癒やされる。

大々的に変わったことは、夜中に新緑の神殿に行きお祈りをするようになった。

私は月の神のルーチャフ様が使わした聖女らしいから、月の出ている夜に祈るのだ。

ここで歌ったり踊ったりすると、目に見えて神殿の周りの緑化が進んでしまうから、祈るだけにしている。

祈ると言っても『ここ最近こんなことがありました』みたいな報告をしているだけだが、何だか温かな気持ちになり、空気が澄んでいくような気がして不思議だ。

お祈りの後は、たまにダーシャン様がお酒を持ってきてくれる。

その代わりに、私は飲みながらダーシャン様の愚痴を聞く係だ。

「何で兄はそんなに王太子に戻りたいんだ？　本当にやることだらけじゃないか」

「そのやることは、元々お兄さんはできてたの？」

「……」

できてなかったんだな～っと思いながら、赤ワインのようなお酒をちびちびと飲んでいく。

「周りが優秀だから、兄を甘やかしていたのか？　俺も甘やかされたい」

お酒を飲むと饒舌で情けない印象になってしまうダーシャン様に思わず笑ってしまう。

「『できない』って言ったことありますか？」

「軽々しく口に出していい言葉ではない」

「それでできちゃうから、皆手伝ってくれないんですよ」

私もそうだった。

「無理だ、できないと思っても口に出すことが負けたような気になって言えないし、実際達成できたら充実感も出てきてしまうから頼ることがどんどんできなくなって、最後には『このまま自分がいなくなったらこいつら皆、困るんだろーなー』とか負の感情ばかりが湧いてくるんですよね」

ダーシャン様は同意するように激しく頷いていた。

酔いが回りそうだから、やめた方がいい気がする。

「でも、信頼のおける人がいるなら、手が回らないから助けてほしいって言った方がいいみたいですよ。実は周りも頼られたいと思ってるかも」

私も会社をリストラされた時、何人かの後輩にもっと頼ってほしかったと言われた。

あの時の私は、嫌われたくないとか頑張ったら後輩が憧れてくれるかもとか下心もたくさんあったし、言われなくても大変なの分からないかな？　何も言わなくても手伝ってくれてもいいのにといった具合に、人のせいにばかりしていた。

「言わなきゃ伝わらないことがたくさんあるんですよ。それにダーシャン様に頼られたら舞い上がっていっぱい働いてくれそうな部下の人がたくさんいるじゃないですか」

私は椅子から腰を浮かして、向かい側に座るダーシャン様の頭を撫でた。

「ダーシャン様は良く頑張っています」

私が頭を撫でたことが余程恥ずかしかったのか？　それとも、頷きすぎてお酒が体に回ってしまったのか？　ダーシャン様は耳まで赤くなって俯いてしまった。

「セイランは本当、聖女だな」

最初のダーシャン様の声はとても小さくて聞き取れなかった。

「頭を撫でられたことなんてほとんどなかったから、何か照れるな」

気を取り直したように明るく返された言葉に、私の方が照れてしまいそうになる。

「頭を撫でられるとストレスを軽減させることができるって何かの本で読んだことあるので、撫でてほしくなったらいつでも言ってください。私ができることなんて他にあんまりないですから」

ダーシャン様は苦笑いをした。

「頼まずに済むよう、無理しないようにするよ」

別に頭を撫でるぐらいいつでもするのに。

私は少し残念に思いながら、ダーシャン様との晩酌を楽しんだ。

私との晩酌の後、ダーシャン様は少し変わったらしい。

難しいことを自分で抱え込むことはなくなり、人を頼るようになってきたのだとムーレット導師が教えてくれた。

「何でも一人でやるなんて無理な話ですから、ダーシャン様がいい方に変わられて少し安心しました」

しみじみとお茶を啜るムーレット導師は、度々うちにやって来る。

「ムーレット導師は、暇なんですか？」

「仕事もしていますよ。ただ、若い導師達は私がウロウロしていると嫌な顔をする者もいます。ですので、セイラン聖女の教育に行くと言ってここまできているのです。勿論、セイラン聖女の替え玉の調子も見に行っているのでご心配なく」

ちゃんと仕事をしているなら、毎日のようにお茶を飲みにくるぐらいいいのか？

私は少し腑に落ちない気持ちになりながら、ムーレット導師の前にお茶菓子のクッキーを出した。

それに、ムーレット導師は別に遊びにだけ来ているわけではない。

たぶん。

私に国の歴史を教えたり、聖女の話をしてくれる。

決して世間話ではない。

きちんと教えてくれているのだ。

たぶん……きっと……確信はない。

「前回の聖女様は国王の母親、ダーシャン殿下のお婆様でした。それはそれは穏やかでいて芯の通ったお考えをする方でしたが、召喚された時は泣きじゃくり、後に結婚した当時の王太子の顔面をぐーで殴ったのは忘れられません」

いや、その後どうやったら結婚まで行くの？

私がクッキーを食べながら話の続きを聞いていると、外が騒がしくなったことに気づいた。

「誰か来たみたいですね」

ムーレット導師がふーっとため息をついた。

「セイラン、いるか？」

どうやらダーシャン様がやって来たようだ。

外に出ると、薄い膜越しにダーシャン様の姿が見えた。

向こうからはこちらが見えていないようで、キョロキョロしている。

「はーい。いますよ」

私は膜を通り抜けてダーシャン様の前に立った。

「ああ、良かった。留守だったらとは考えずに来てしまったからいなければどうしようかと思った」

爽やかな笑顔が何とも眩しい。

顔面偏差値の高い人種に免疫がないので目がしばしばするようだ。

「ところで私に何か用がありましたか？」

私が聞けばダーシャン様は手に持っていた紙袋を私に差し出した。

「セイランのおかげで、仕事を人に任せようと思えるようになった。ありがとう」

何とも眩しい笑顔のままダーシャン様は私の頭を撫でようとした。

勿論全力で避けた。

ウィッグがズレたら大変だからだ。

あからさまに私が避けたせいでダーシャン様がシュンとしてしまったが、仕方がない。

「不用意に触ろうとしてすまない」

「あ～こっちこそすみません。頭を触られるのが苦手で」

申し訳ないと思いながら謝れば、ダーシャン様は眉を下げたままハハハっと軽く笑った。

「人には苦手なこともあるさ」

私がもう一度謝ろうとした時、後ろから声をかけられた。

ムーレット導師だ。

「ダーシャン様、少し人に仕事を任せるようになったとはいえ、お忙しいのはお変わりないでしょうに、そろそろお戻りになっては？」

この人、人のこと言えないだろうに。

私が呆れたようにムーレット導師を見れば、彼は私にニッコリと笑顔を返した。

「導師もお忙しいのでは？」

「私はちゃんと弟子達に全て仕事を割り振ってからここに来てますので」

ブラック企業のダメ上司のようなことを言うムーレット導師の肩を私は力一杯摑んだ。

「えっ？　仕事を部下に全振りしてるんですか？　クソ上司なんですか？　二度と家に来ないでくれませんか？」

「べ、別に仕事を弟子に全て押しつけているわけではありませんよ！」

慌(あわ)てて弁明するムーレット導師にニッコリと笑顔を向ける。

「仕事抱え込む上司も大変ですけど、仕事しない上司を持つと下は死にたくなるぐらい大変なんですよ。理解できます？」

その場にいたムーレット導師とダーシャン様はその時の私の迫力(はくりょく)に、自分の部下や弟子を大事にしようと心に刻むほど、怖(こわ)かったのだと後に教えられるのだった。

事件は突然に

その日も私は、街に遊びに来ていた。

いつもと変わらない喧騒を抜け、調味料を買いに来ていた。

嬉しいことにこの国には、味噌と醤油がある。

昔、聖女様がもたらしてくれた調味料なのだと言う。

このことに関しては、聖女様様だと思う。

日本人としては和食が食べられないってだけで死活問題だからだ。

「おや、ルルハちゃんいらっしゃい。今日は何が欲しいんだい？」

味噌と醤油を交互に見ていたら、店主のお婆さんが話しかけてきた。

「どうしようかな～って悩んでます」

「ゆっくり見ていきな」

私は遠慮なく店内をウロウロした。

煮卵食べたいとか味噌煮込みうどんが食べたいとか色々迷ってしまう。

うどんなら見よう見まねでできそうな気がすると思いながら味噌を買うことを決めた。

そんな時、店の外が騒がしくなったことに気づいた。

「どうしたんだろうね？」

お婆さんは外を気にして窓から外を覗いた。

「広場に人が集まっているね」

街の中心にある広場で何かをやっているようだ。

「ちょっと見てきますよ」

私はお婆さんにそう言って広場に向かった。

広場には、ヒメカ聖女と第一王子率いる真っ白い甲冑を身に纏った騎士が十人ほどと、ダーシャン様とラグナスさんが口論していた。

周りは野次馬で溢れている。

「あの、何を揉めているんですか？」

近くにいた野次馬の一人に聞いてみれば、第一王子達が広場で何かするので見に来いと白い甲冑の人達に呼ばれて来てみたら、第二王子が慌ててやって来て馬鹿なことをするなと口論を始めたらしい。

「ナルーラもダーシャンも私のために争わないで！」

ヒメカ聖女の叫びが広場に響く。

「ヒメカ聖女のためにではなく、街の住民の安全のために言っているのです」

ダーシャン様の冷えきった冷静な返しに彼の心労が垣間見えた気がした。

「心配する必要はないと言ったはずだ、何せこれから真の聖女が直々に浄化の力を国民に見せつけるのですから」

ヒメカ聖女達の後ろに控えている甲冑の男の一人が電子レンジほどの大きさの籠のようなものを抱えているのに気がついた。

人がたくさんいて良く見えないが、何だか黒々としているということは何となく分かる。

「さあ、皆の者！　聖女が今より神秘の力を披露してくれる。心して見るがいい」

第一王子の声に今まで彼の腕にしがみついていたヒメカ聖女が集まった人達の中心で歌って踊り出した。

同じ日本人ならどこかで聞いたことのある人気のアイドル曲を振り付けを完コピして歌うヒメカ聖女は間違いなく可愛い。

あのアイドルの振り付けってそうなってたんだ。

少し感動しながら彼女の踊りを見ていたら、さっきの籠に入っていた黒い塊が耳をつん裂くような悲鳴を上げて籠の中から姿を消した。

すると、周りで一部始終を見ていた人々から歓声が上がった。

「これで安心して暮らせる」

「さすが聖女様だ」

体が元妖精だったら？　とか考えると遣る瀬ない気持ちになった。
それに、あの黒いものが本当に邪悪なものだったのだろうか？
ルリが魔獣化した時のことを思い出してしまい、もしさっき消滅してしまった黒い物
だが、私からしたら何だか腑に落ちない。
人々の声に安堵の色が見える。
「魔物に怯えずに暮らせる」

「今回の聖女は野蛮だよ」

気がつけば、先程の調味料屋のお婆さんが私の横に立ってそう呟いていた。

「というか、あれは本当に魔物だったのかね？」

周りは歓喜に震えていたが、お婆さんは一人憤りを感じているようだった。

「ルルハちゃん。あんなのほっといてお店に戻ろう」

優しい顔で私の腕を掴むと、お婆さんは店までエスコートしてくれた。

店に入っても聞こえる街の人達の歓声にお婆さんは深いため息をついた。

「あの中でまともだったのは第二王子と副団長とルルハちゃんだけだなんて、本当に情けない話だね」

お婆さんは私にお茶を出しながら文句が止まらない。

「私はね、小さい頃から味噌や醤油を扱う店の娘だったから、前聖女様とも顔馴染みだっ

たんだよ」

お茶請けに胡瓜の塩揉みしたものも出してくれた。

「前聖女様はこれが好きでね」

昔を懐かしむお婆さんに、私は笑顔を向けた。

「私は胡瓜に味噌を付けて食べるのが好きです」

お婆さんはキョトンとした顔をした。

「それはやったことがないね」

「美味しいですよ」

そんな世間話にお婆さんはクスクス笑ってくれた。

「ルルハちゃんみたいな子が聖女なら何も問題ないんだけどね」

私が首を傾げると、お婆さんは困ったような顔をした。

「この街はね、二代前の聖女様が張った結界の中にある街なんだよ。それがどういうことか分かるかい？」

私は腕を組んでしばらく考えた。

「魔物は入れないいんじゃないんですか？」

お婆さんはフンっと鼻で笑った。

「その通り、ということは、さっきのは魔物でないか、結界がなくなってしまったかのどっちかということだ」

　えっ、それって一大事じゃないか？

「結界」

　森の家に張った結界を思い出してみても、あのダンスをどれだけ踊れば街全体を覆うほどの結界が作れるのか、見当もつかない。

「お婆さん、前の聖女様のお話もっと聞かせて」

　私が頼むと、お婆さんは優しく微笑んだ。

「前の聖女様は今の国王の母親だ。優しくてそれでいて芯の強い人で、元は宰相様といい雰囲気だったんだよ」

　そ、それは王宮スキャンダル的な話では？

「宰相様はエルフの血筋だったから美しいし話は上手いし寄ってくる女は星の数ほどいてね、聖女様は宰相様を思い続ける気がなくなってしまったんだよ」

　何ともゴシップ誌に書かれていそうな展開に私は胡瓜とお茶を口にしながら聞き入った。

「そんな聖女様の側にいつも寄り添ってくれたのが、前国王様でね。好きな女のためなら身を引くつもりだったが、君が悲しむなら話は別だ。俺に君を幸せにする権利をもらえないだろうか？　ってプロポーズしたんだってさ」

「なにそれ素敵!!」

私には無縁の展開だが、漫画や映画やゲームで出てくるような胸キュン展開なんて普通に憧れる。

「宰相様は前聖女様が死ぬまで、やり直してほしいと懇願していたようだけど前聖女様は今更都合のいいことばかり言ってないで国のために仕事をしろとせっつくだけだった。前国王様は誰よりも前聖女様を愛していたからね」

はー、いい話を聞けた。

聖女とは国に利用されるために召喚された都合のいい存在として扱われるのではなく、幸せにしてもらえている人がちゃんといる。

少し安心した。

「さっきの広場にいた聖女様は前聖女様と似たような髪の色に目の色だったから前聖女様の生まれ変わりのように思っていたけど、ちょっと思い込みの激しいタイプみたいだね」

呆れ顔のお婆さんに私は思わず笑ってしまった。

「まあ、世間話はこれくらいにして、さっきの黒いのが何だったのか、ちゃんと調査してほしいものだよ」

私は先程ヒメカ聖女が歌って踊っていたのを思い出していた。

決して下手ではない。

いや、歌は踊りながらだったたし、ちょっと下手かもしれないが、踊りは完璧だったと思う。

あれが本当に浄化の踊りだったのかはよく分からないが、効果はあるのだろう。

実際、黒いものは彼女の歌と踊りで消えたのだから。

「……私、そろそろ帰りますね。あ、それと、嫌でなかったらまた前聖女様のお話を聞かせてください」

「ああ、いいよ」

お婆さんは私に醤油と味噌を手渡してくれた。

「あ、お金」

「それは味見用だよ。次はどっちを買うか決めておいで」

私はお婆さんの優しさに感激してしまい、感極まってお婆さんを抱きしめたのだった。

青い扉をくぐり家に帰ると、ムーレット導師が出迎えてくれた。

「仕事はちゃんと終わらせてから来ましたよ」

そう言って笑うムーレット導師にさっき見たことを事細かに説明することにした。

私の話を終始笑顔で聞いていたムーレット導師はゆらりと白い扉に歩いて行ってしまっ

た。

　しばらくすると、首根っこを掴まれてプラーンとしているラグナスさんを連れて戻ってきた。

「ダーシャン殿下は何かと忙しそうだったので、事情を知っていそうな側にいたコレを拉致ってまいりました」

　忙しくなさそうだったら、ダーシャン様をこうやって連れてくるつもりだったのか？

「俺、副団長なのに老人に……」

　両手で顔を覆ってしまったラグナスさんが不憫でならない。

　私とダーシャン様には本来の姿が見えるようにしているようだが、ラグナスさんは未だに老人に見えているらしく、軽々と運ばれたショックも倍増しているようだ。

「あー、うん。可哀想なので放してあげてください」

　私のお願いに、ムーレット導師はふーっと息をつくと、ぽいっとラグナスさんを投げて捨てた。

「さあ、広場であったことを洗いざらい話しなさい」

　ムーレット導師の迫力に負けたラグナスさんは正座をした状態で事情を話し始めた。

「ことの始まりは、第一王子が突然の思いつきで森に行くと言い出したことでした。俺とダーシャン様に報告が上がってきたのは門を出た後で、慌てて追いかけたのですが、思ったよりも早くお帰りになり安心したのも束の間、籠に入れた魔物なのか魔獣なのか解らない黒いものを門の中に持って入らせてしまった後でした。ダーシャン様が言うには弱っているとはいえ消滅せずに籠に入れられているということは強い魔物だと、もし万が一街に逃げ出してしまっては住民の安全を確保できないからと必死にお止めしたのですが、広場で見せつけるように聖女の力で籠の中の黒いものを浄化して消してしまった」

言われた内容にムーレット導師は腕を組んでしばらく悩むと、口を開いた。

「それは魔物でも魔獣でもないでしょうね。門をくぐれたということは」

「そうなの？」

ムーレット導師はニッコリと笑った。

「勿論です。前聖女様もセイラン聖女ほどではないとはいえ強い力を持っていて、それはそれは素晴らしい浄化の力で結界を張ってくださったのですから」

私だって家にかけた結界を一度もかけ直していないのに持続しているのだから結界って長持ちするものなのかも。

「普通でしたら聖女様が逝去されたら解けてしまうでしょうが、神殿の力も多少あるとはいえ、未だに浄化の力が持続しているのですからそれだけ前聖女様の力の強さが分かりますな」

ダーシャン様の言葉に私はスッと手を上げた。

「じゃあ、この家にかけた結界はどれぐらいもつんですか？」

ダーシャン様は不思議そうに私を見つめて言った。

「最短で五百年とかですかね？」

私には自分では計り知れない力があるのだと、その時初めて理解した気がした。

「あれが、魔物でも魔獣でもないとなると何だったのでしょうか？」

ラグナスさんが不安そうにムーレット導師に聞く。

「さあ、ですが、ヒメカ聖女の力は微々たるものですから消滅させることはどんなものでも無理でしょう。幻影か何かでしょうね」

ムーレット導師の言葉に、ラグナスさんはあからさまに項垂れた。

「俺もダーシャン様も必死に止めに行ったのに」

ラグナスさん、街でたまに会う時はちょっとチャラそうだけどモテ男子だと思ってたのに、不憫な人の印象が強くなってしまった気がする。

「ラグナスさん、とりあえずリラックスできるお茶でも飲みませんか？　ガトーショコラもありますよ」

私がお茶を淹れガトーショコラを切り分けて出すと、ラグナスさんは私の手をギュッと握ってきた。

「ルルハちゃん、マジ天使！　結婚しよう」

軽いノリの悪ふざけに私は苦笑いを浮かべた。

「女の子はプロポーズに憧れがあるんです。だから軽々しく言っちゃダメですよ」

私が軽く注意すると、ラグナスさんはまた項垂れてしまった。

そして、ゆっくりとお茶とガトーショコラを食べた。

「もっと頑張らないといけないってことだけ、解った。リベンジしていい？」

ラグナスさんは帰り際にそう言ってきた。

行きと変わらずムーレット導師に首根っこを掴まれてぷら～んとしていることが気になって話の半分も頭に入ってこないけど、とりあえず頷いておいた。

ラグナスさんを返しに行ったムーレット導師は、次にダーシャン様を連れて帰って来た。

連れて来たとはいえ、さっきのラグナスさんのような雑さがあるわけではなく、ダーシャン様がついて来てしまったという印象だ。

「お疲れ様です」

私は素早く、ダーシャン様にお茶とガトーショコラを差し出した。

お疲れなのは分かっている。

ムーレット導師が代わりにラグナスさんを選ぶぐらい忙しそうにしていたのなら、甘いもので疲れを癒やしてほしい。

ダーシャン様は家のダイニングの椅子に座ると、テーブルに突っ伏した。

「づがれだ」

濁点の多い本気の『疲れた』がダーシャン様の口からこぼれ落ちた。

ダーシャン様は顔を上げずに、何があったのかを話して（愚痴って）くれた。

「何だか解らない黒い生き物を街に入れないように注意していたはずが、ヒメカ聖女が何を血迷ったのか『私のために争わないで』とか大声で叫んだせいで、兄からヒメカ聖女を狙っているだの色目を使うなだの言いがかりをつけられて、気づいたらラグナスもいないし、仕事している人の邪魔をしてはいけないなんて、小さな子どもでも分からないか？」

呪禁のように文句を言うダーシャン様が可哀想に見えて来る。

「甘いものでも食べて、落ち着きましょう」

ダーシャン様はゆっくりと頭を上げて私を見上げた。

上目遣いとか、顔面偏差値高い人はやってはいけないと思う。

心臓に無駄なダメージをくらうから本気でやめてほしい。

思わずフォークでガトーショコラを一口大に切り口元に運んであげたら、戸惑いながらも口を開けてくれた。

人様に食事をさせるなんて家族にもしたことがないから何だか楽しくなってきて、全てのガトーショコラを口に運んであげた。

達成感が凄い。

満足する私を他所に、ダーシャン様が顔を赤らめて俯いてしまったことには、一切気がつかなかった。

「ダーシャン殿下、随分と羨ま……じゃなかった。随分と癒やされたようなのでそろそろ城に帰っては？」

ムーレット導師の言葉に、ダーシャン様はダイニングテーブルを抱え込むように摑み、一歩も動いてたまるかと言いたげな態度を示した。

帰る帰らないの攻防を二人がしている間に、ルリとヒスイがやって来て二人の攻防に加勢するように参戦しに行った。

毎度のことながらルリはダーシャン様を守るように横に立ちグルグルと唸り声を上げ、ヒスイはムーレット導師の肩に止まり、見下すようにルリを見据えている。

喧嘩するほど仲がいいっていう、アレだろうか？

私は足元に擦り寄って来てくれたサンゴを抱っこし、撫でながらことの行く末を見守るのだった。

過ぎ去る時間（ムーレット目線）

妖精である私にとって聖女様とは母であり姉であり妹のような存在と言っても過言ではない。

生まれたての私に『ムーレット』と名前を付けてくれたのが初代聖女様だった。

夜空の闇すら嫉妬しそうな黒髪黒目が印象的な方だった。

名を与えられ、力をつけた私は聖女様のために生きている。

初代聖女様はこの国の国王と大恋愛をし、死ぬまで国を守護した。

私はそれを助け助言する存在に、おのずとなっていった。

迎えられる聖女様は皆平等に慈愛に満ちた美しい女性達で、皆等しく国王と恋に落ちた。

聖女様と国王が結婚すれば国が栄える。

そういったことではない。

それが運命だと言わんばかりに惹かれ合うのだ。

邪推する者もたくさんいるし、悪意のある文献を残す輩もいる。

だが、いつも近くでことの次第を見てきた私に言わせれば、国王は聖女様に恋をする。

聖女様の内面の美しさに惹かれない男などいるものか。

聖女様達はそんな想いを寄せる男性の中から、王に相応しい相手に心惹かれるのだ。

だから、今回もきっと国王になる人物と恋に落ちるのだ。

今回の、聖女として呼ばれたのは二人の女性。

一人は第一王子が勝手に呼び出した聖女ヒメカ。

もう一人は決められた日時の決められた儀式で呼び出された聖女セイラン。

明らかな力の差は、月の神であるルルーチャフ様の采配なのだろう。

ただ不思議だったのは、セイラン聖女の髪と瞳の色が今までの聖女様達とは大幅に異なる色だったことだ。

赤い髪はこの世界では珍しくないし、赤と青のオッドアイも黒や茶色の暗い色でない限り、色違いでも珍しくはない。

だが、見た目がどうこうで判断するなんて馬鹿の考えだ。

彼女から溢れる月の気配は今まで感じたことがないレベルだった。

ルルーチャフ様が姿を変えて出てきたのではないかと思うほどの月の気配。

それを感じることができるのも、私が月明かりの妖精だからだとは今まで誰にも話したことがない。

そんな月の気配を身に纏ったセイラン聖女は見た目のせいで、力不足の烙印を押されてしまっていた。

唯一知っているのは、初代聖女様だけだ。

彼女がそんなふうに軽んじられる存在でないことは私が一番良く分かっていた。

だから、セイラン聖女の思う通りにしようと思った。

逃げてしまいたいなら逃してさしあげよう。

彼女がこの国が滅んでしまえばいいと願うなら、そうしてみせる。

だが、彼女はゆっくりと穏やかな生活だけを望んだ。

森の初代聖女様が使っていた家に連れて行けば、彼女は凄く喜んだ。

一人で住むとなれば、寂しかったりしないだろうか？　と思っている私を嘲笑うかのように、彼女は妖精と契約してしまった。

灯火の妖精サンゴ、雪風の妖精ルリ、そして、木漏れ日の妖精のヒスイだ。

この妖精達は月明かりの妖精である私より力の弱い妖精で、獣の姿をしていた。

サンゴは猫の姿でセイラン聖女を癒やし、ルリは狼の姿で彼女を守り、ヒスイが梟の姿で危険を察知して私に直ぐ連絡してくれる。

素晴らしい連携ができるはずなのに、ルリとヒスイはあまり仲が良くない。

サンゴがいてくれて良かった。

あの三匹の中で一番力があるのはサンゴだ。

灯火とはいえ炎系の妖精だけあって、雪風の氷と風の属性にも、木漏れ日の緑の属性にも勝てる。

二匹はサンゴを怒らせない範囲で喧嘩をしているようだ。

セイラン聖女に、私とダーシャン王太子が揉めるから代理戦争のようにルリとヒスイがぶつかり合うんじゃないか？　と言われたが、私の場合いずれセイラン聖女の心を奪うであろう男に食って掛かるのは仕方がないと思うんだ。

私にとって聖女様は母であって姉であって妹なのだから、家族を嫁に出したくない気持ちや、多少の意地悪ぐらいには耐えてもらわないと。

そう簡単に嫁に出してたまるか。

いずれ誰よりも大事にされる憎らしい男に少しだけ時間稼ぎに拗ればいいのに、とか思ったってバチは当たらないはずだ。

これまでの聖女様と恋仲になった王族は全て、私の試練に耐えてきたのだ。

一人だけ例外なんてあるものか。

今だって、お菓子を口に運んでもらうダーシャン王太子の邪魔はしなかった。

セイラン聖女が何だか楽しそうにしていたから見逃してあげたんだ。

だから、さっさと帰ればいいのに。かなり羨ましいからもっと意地悪しなくて済むように。

また、ルリとヒスイが参戦してきて、セイラン聖女が呆れている気配を感じる。

ああ、この楽しい時間が長く続けばいいのに。

まあ、毎回聖女様のお子様達が聡明で可愛くて、私を見てジィージと呼んでくれた時に全て許す気になってしまうのが不思議なところですよ。

それまでは、事あるごとに邪魔したり意地悪してしまうかもしれませんが、許してください。

女性の憧れ？

一ヵ月も過ぎれば、森での暮らしも慣れたものだ。

楽しいスローライフを満喫していたそんなある日、ムーレット導師が申し訳なさそうにやって来た。

毎日のように家にお茶をしに来るムーレット導師だが、こんな顔は初めてだ。

「セイラン聖女、お願いがあるのですが」

言いにくそうに切り出した話は至ってシンプルだった。

「一度城に戻っていただけないでしょうか？」

ムーレット導師の話によると、普段であればムーレット導師が作り上げた私の幻影が私のフリをしてくれているのだが、別の導師が疑いを持ち始めてしまったのだという。

「普通の導師なら私の幻影に気づくこともないのですが、導師の中でも私の次に力があると言われているダビダラ導師に疑われていまして……ダビダラ導師は幻影についての研究もしている導師のため、いずれ幻影だとバレてしまうと思うのです」

ムーレット導師の雰囲気から言って、ダビダラ導師とは仲が良くないのだろう。

ああ、派閥争いのもう一人の導師がダビダラ導師なのかもしれない。

ムーレット導師にはいつもお世話になっているし、街の様子を知れば知るほど聖女の仕事の重要性を確認できた。

街の治安はいいのだが、街の外は魔物も多く出るし食べ物は全て街の外で育てているようで、日によって作物が取れたり取れなかったり、最悪枯れてしまうのだと嘆いていた。

私も作物が良く育つようにお祈りしたりもするが、浄化されるのは家の周りだけだ。

国を守るために必要なのが神殿らしい、と調味料屋のお婆さんが教えてくれた。

神殿は聖女様の力を最大限に増幅させる力がある場所に建てられていて、そこで歌ったり踊ったりすれば国を守ることができるらしい。

一番効果が大きいのが月の神殿だと教えてもらった。

新緑の神殿は豊穣の力が強いとも教えてくれた。

エリザベートさんに教えてもらうよりも、もっと大事なことを調味料屋のお婆さんが教えてくれるのが不思議だ。

「こちらの我儘に付き合ってもらうのは忍びないのですが」

「大丈夫ですよ。戻ります。それに、街の人達と話してみて思ったんです」

「？」

首を傾げるムーレット導師に思わず笑顔を向ける。

「この街の人達に幸せに暮らしてほしいって。だから、私にできることはなるべくやってみたいと思い始めていたんです」

皆の暮らしが私のちょっとした決意で少しでも豊かになってくれたら、私も幸せになれると確信したから、神殿に戻ろうと思えるし、面倒になったらヒメカ聖女を褒め称えて、全てヒメカ聖女がしてくれたことだと言い張ればいい。

それに、ムーレット導師にはいつもお世話になっているから。

「本当ですか？　助かります」

ムーレット導師は、ホッとした顔を隠すことなく見せてくれた。

こうしてその日からしばらくの間、新緑の神殿に行くことになった。

あの場所に戻るなら、覚悟を決めよう。

ブラック企業に立ち向かうのだと、私は心に決めたのだった。

ムーレット導師に聞いた話では、身代わりの私は体調不良を言い訳に寝たきり状態だったようで、身代わりも着たことのない聖女の服を今日初めて着ることになった。

赤いウィッグにピンクとスカイブルーのカラーコンタクトをし、神聖なる月をイメージしたという白地に金の刺繍を施された聖女の服を着せられ、私は神殿の中の自室の鏡の前に立っていた。

はっきり言って似合わない。

芋ジャージでなくなった時点で、セイランのコスプレとは違うものになってしまったし、眼鏡は似合わないから外すとしても、ビビットな髪色と瞳の色は変えられないし、白い服との相性は最悪だと思う。

まだルルハのパステルピンクの髪とピンクの瞳の方がこの服には合いそうだ。

「この服じゃなくちゃダメですか？」

「ダメです」

私にこの服を着るように持って来た侍女さんが無表情のまま被るぐらいの勢いで否定された。

「ヒメカ聖女は似合いそうですよね」

彼女は白が似合いそうだ。

「似合っても……いえ、何でもありません」

何だか含みのある言い方の侍女さんに私は笑顔を向けた。

「ヒメカ聖女が苦手ですか？」

「……」

更に顔色の悪くなる侍女さん。

何だか悪いことを言ってしまったようだ。

「何か変なこと聞いてしまってごめんなさい。ほら、何故か解らないけどこの人苦手だなあって思うこともあると思っただけなんです。私がエリザベートさんを苦手だと思うのと一緒かな？　って」

私の苦笑いを見た侍女さんはおずおずと口を開いた。

「エリザベートさんを苦手じゃない人なんて普通いませんよ」

どうやら、エリザベートさんは前の会社の上司のような存在らしい。

「いますよね。組織には一人ぐらいそういう人」

侍女さんは私が共感したのが嬉しかったのか、安心したような笑顔になった。

「お名前聞いてもいいですか？」

「エルマと申します」

エルマさんは綺麗な姿勢で頭を下げた。

「畏まらなくて大丈夫ですよ！　それにこれからお願いをしようとしている下心のある私に頭なんて下げないでください」

驚いた顔をするエルマさんに私はニヤリと笑ってみせた。

「私は、大したことのできる立場では」

「立場とか関係ないです」

私はエルマさんの手をギュッと握り、引っ張るとソファーに座らせた。

「仕事中で忙しい貴女を無理矢理お茶に誘う作戦なんですから」

オロオロするエルマさんを他所に、私は彼女の前にお茶を用意した。

前の会社でお茶汲みをよくさせられていたから、味には自信がある。

それに、歴代の聖女様の誰かの影響なのか、この世界には緑茶が存在している。

日本人なら緑茶でしょ！

大袈裟かもしれないが、私だけってことはないはずだ。

「さあ、どうぞ」

エルマさんはしばらく緑茶を見つめていたが、ゆっくりとした仕草で飲み始めた。

「侍女って大変なお仕事ですよね。尊敬しちゃうな」

「そんな」

「今は私達二人きりですし、愚痴とかあったら聞きたいな～私もエリザベートさんの愚痴が言いたいし」

そんな私の言葉に、エルマさんはクスクスと笑った。

「私、愚痴り出したら止まらないので、聖女様も覚悟してくださいね」

こうして私はエルマさんと仲良くなることに成功した。

エルマさんは色々な愚痴と共に様々な情報をくれた。

エリザベートさんがダビダラ導師の娘だということや、ヒメカ聖女が自分をチヤホヤしてくれない侍女を次々と解雇しているとか。

エルマさんのお姉さんもその一人だったらしく、聖女に配属されると聞いてだいぶ警戒していたらしい。


「私の配属先がセイラン様で本当に良かったです」

「ありがとうございます。あの、お姉さんは大丈夫なんですか？」

私の質問に、エルマさんは苦笑いを浮かべた。

「姉は結婚しました」

「へ？」

「ヒメカ聖女の侍女を辞めさせられる日に、ずっと好きだった騎士団の方に告白してトントン拍子に結婚してしまいました。妹の私が言うのも何ですが、要領のいい人なんです。それに、美人だし」

お姉さんの話を愚痴っぽく話しているエルマさんの表情は、決して羨んだり疎ましく思ったりしているものではなく、愛があるから言える雰囲気のある、はにかんだ笑顔だった。

「エルマさんだって美人じゃないですか」

「いえ、そんな。私、目元がキツくて意地悪そうな顔に見えるんです。姉と並ぶと更にキツく見えるみたいで」

目元が少し上がっているから気が強そうに見えてしまうのは解る。

「そんなのメイクでどうにでもできますよ」

私は手持ちのメイク道具を取り出してエルマさんにメイク講座を始めた。

コスプレする者が本気を出したら、ティッシュ一枚で傷口だってちょちょいのちょいで作れてしまえるぐらいなのだから、目元を柔らかな印象にするなんてもっと簡単である。

「さあ、どうですか？」

クールビューティーな印象のエルマさんの目元にタレ目がちの愛されメイクを施せば、可愛い雰囲気を出せた。

あまり変わりすぎて、化粧を落とした時に詐欺だと言われない程度に抑えている。

勿論、特殊メイクばりのメイクだって頑張ればできるが、今はその時ではない。

「す、凄いです」

喜ぶエルマさんにメイクのコツを話して、次から自分でもできるようにレクチャーしてあげた。

自分でするコスプレも勿論大好きだが、他人にメイクをしてあげて喜ばれるのも本当に楽しいし、喜んでもらえたら幸せになれてしまう。

その日以来、セイラン聖女の侍女になると美人になれるという噂がまことしやかに囁かれるようになったことを、その時の私は知る由もなかった。

エルマさんにメイク指導をしてから、新緑の神殿で働く人達が私に優しくしてくれるようになった。

今まで、姿すら確認できていなかった人達が掃除に来てくれたり、挨拶をしてくれるようになったのだ。

「それはきっと、ヒメカ聖女のせいだな」

その日は、新緑の神殿に戻って来たことで、久しぶりにダーシャン様と月夜の庭で酒盛りしながら近況報告会をしていた。

「何故ヒメカ聖女のせい？」

ダーシャン様はおつまみのチーズを口に入れ、それが口からなくなると頷きながら続けた。

「確か、『一流の使用人は主人に気配を悟られてはダメなの知らないの～』って言ったことで、神殿に使えるものは気配を消さなくてはならない！　みたいなお触れが出たって聞いた気がする」

ダーシャン様が身振り手振りでヒメカ聖女のモノマネをしてくれて、話が上手く入ってこなかったが、理解した。

理解はしたけど、まず、笑っていいだろうか？

「肩がプルプルしてるぞ」

ダーシャン様の指摘に私は盛大に吹き出し笑ってしまった。

「笑いすぎだ」

「だって、ダーシャン様のモノマネが上手すぎて、あー無理、おかしい」

「似てただろ」

不貞腐れた顔で口を尖らせるダーシャン様が可愛くて、更に笑ってしまう。

「似てたから笑っちゃうんですよ」

一国の王太子がこんなコミカルだとは、ダーシャン様が国王になったらきっと楽しい国になるだろう。

「話を戻すが、そんな理由から使用人達ができるだけ人目につかないように働くようになったようだが、最近セイランに気に入られると美しくなれるって噂になってるからな」

「は？」

私に気に入られると何だって？

「知らないのか？　侍女副長を美しくしたと有名だろ？」

「えっ？　侍女副長って誰ですか？」

ダーシャン様は首を傾げた。

「ほら、エルマ・ガードリスタだ」

エルマさんって思った以上に偉い人だったんだ……。

私は複雑な気持ちを、遠くを見つめることで落ち着かせようとした。

「実際、侍女副長は騎士団の中でも人気が高かったのだが、高嶺の花というか話しかける勇気のある者はいなかったんだ。それが、突然柔らかな雰囲気になって、元々好きだったやつが焦ってるみたいだ」

私はテーブルにヒジとため息をついた。

「エルマさんとせっかく仲良くなれたのに寿退社されたら困るな～」

「退社はしないんじゃないか？　侍女副長はセイランの素晴らしさを布教してまわっているみたいだし、侍女を大事にしてもらって嬉しいと言っていたそうだぞ。ラグナスに聞いた」

ラグナスさんは誰にでもフレンドリーだから、美人のエルマさんにも気後れせずに話しかけている姿が想像できる。

「ラグナスさんって直ぐプロポーズしてきますけど、エルマさんにも言ってるんですかね？」

ダーシャン様が思いっきり口に含んだお酒を吹き出していた。

「大丈夫ですか？」

慌てて背中を摩ってあげる。

「プロポーズ？」

えっ？　そこ？

私が苦笑いを浮かべると、ダーシャン様はガバッと私の肩を掴んだ。

「何て返したんだ？」

「えっ？　普通に返しましたよ」

「ふ、普通？」

何だか複雑な顔をするダーシャン様の背中をバシバシ叩いた。

「普通にプロポーズに憧れているので、ふざけて言うものではないって叱りましたよ」

ダーシャン様は目をパチパチと瞬いた。

「そういうものか？」

「ダーシャン様、私だけではないですよ！　女性というのはプロポーズが素敵だと本当に嬉しいんですから、ダーシャン様も好きな人ができたら素敵なプロポーズをしてあげてくださいよ」

私の力の入った物言いにダーシャン様は唖然としていた。

「自分には到底考えられないようなプロポーズをしてもらえたら、きっとそのことを思い出すたびに幸せな気分になれると思うんですよ」

私には憧れがある。

プロポーズどうこうも勿論だが、『幸せな家庭』ってものに対しての。

親戚の集まりで歳の離れた従姉妹がプロポーズされた話を聞いた時に、周りまでみんな笑顔になってその話を聞いた。

幸せのお裾分けをもらった気分だった。

その従姉妹の家庭はいつも幸せそうで、憧れだった。

プロポーズは、その『幸せな家庭』の第一歩のようなものだと思っている。

相手をどれだけ幸せにしたいか？　結婚することで自分がどれだけ幸せになれるかを形にするのがプロポーズなんじゃないか？

「勿論、派手なプロポーズに憧れているとかじゃなくて、気持ちを感じられるようなプロポーズに憧れるんです。これ、テストに出ますよ」

茶目っ気を出しながらそう言えば、ダーシャン様はカクカクとした動きで頷いてくれた。

「そういうものなんだな」

噛み締めるように呟くダーシャン様に私はクスクス笑った。

「女性って人の幸せの話を聞くだけでも、嬉しい気分になれるんですよ。だから、ダーシャン様も来るべき時が来たら頑張ってくださいね！」

私はダーシャン様のグラスにお酒を注ぎながらそう言った。

「勉強になる」

そんな他愛のない話をしながら、私達は酒盛りをするのだった。

他人の恋路？

エルマさんのメイク指導のせいか、私の侍女になりたいという人が増えた。

そんなことを言われても、私に人事の資格はないから掃除に来たり、食事の配膳に来てくれた侍女さん達の悩み相談を聞き、できるアドバイスがあればするようになった。

「昨日来た新米侍女ですが、無事意中の男性にクッキーを渡せたようです」

いつも無表情に成功談を説明してくれるのはエルマさんだ。

「エルマさんはどうなんですか？　最近モテまくりらしいですね」

グッと息を呑み込み、私から視線を逸らすエルマさんの耳が赤い。

「エルマさ～ん、恋バナしましょうよ～」

「職務中ですので」

「誤魔化されないですからね」

エルマさんは更に押し黙ると、意を決したように口を開いた。

「どうしたらいいのでしょうか？　セイラン様」

エルマさんは若干早口になりながら、ことの顛末を話してくれた。

エルマさんは最近、たくさんの男性から声をかけられるようになった。

でも、今まで経験したことのない展開に気持ちが追いついておらず、男性から声をかけられるたびに動揺(どうよう)してしまうのだという。

「ある文官の方からも声をかけてもらったのですが、実はその人エリザベート様の想い人(おもいびと)だったみたいで……」

私は軽く頭を抱(かか)えた。

「それは災難でしたね」

「その文官様はいい人なんですけど……」

エリザベートさんの想い人がエルマさんを好きだなんて、考えただけでもどんな仕打ちをされるか。

「困ってませんか？」

「……」

だいぶ困っていることが、全身から出る雰囲気(ふんいき)で伝わってくる。

その時、私達のいる部屋のドアが勢いよく開いた。

バーンッと凄(すご)い音をさせて入って来たのは、ヒメカ聖女とエリザベートさんだった。

「ちょっと！　貴女(あなた)のせいでしょ！」

何を言いたいのか分からないが、言いがかりをつけようとしているのは解(わか)る。

「何をおっしゃりたいのか、解るように説明していただいてもよろしいですか？」

「惚ける気？　あんたがこの女を唆して、人の婚約者に色目使わせたんでしょ！」

婚約者？

私が自然に首を傾げると、ヒメカ聖女に何故かビンタされた。

何故私が殴られなきゃならない？

「セイラン様！」

エルマさんが慌てて私に駆け寄る。

「人の婚約者に手を出すからこんな目にあうのよ！　分かった？」

何を分かれと言うのか？　殴られたことにより頭に血が上って考えがまとまらないが、やられたのだから、やり返していいだろうか？

私は殴られた頬に手を当て、ニッコリと笑顔を向けた。

「えっ？　婚約者がいるのにエルマさんにちょっかい出したなら、その男がカス野郎なだけじゃないですか？　何で私が殴られなくちゃいけないんですか？　カス野郎を殴るのが普通じゃないんですか？　私が殴られる理由にはならないと思うんですけど」

「貴女の侍女の不始末なんだから、貴女が殴られて当然でしょ」

今までたくさんの理不尽に直面してきたけど、男女間の問題で起こるトラブルなんて経験がない。

「で、エリザベートさんの婚約者とやらはどこの誰なんですか？」

ヒメカ聖女は自慢げに胸を張って言った。

「文官長補佐のアーデンベルグに決まってるじゃない！」

文官という言葉に、薄々気がついていたけど、さっきの話の人だと理解した。

腫れた頬に濡らしたタオルを持ってきてくれたエルマさんに私は言った。

「エルマさん、そのアーデンベルグとかいうやつのところに案内してください」

婚約者がいるのに私の大事なエルマさんにちょっかい出すなんて、許せない。

エルマさんはオロオロしながらどうにか私にタオルを渡そうとするが、それを無視して神殿を後にした。

目的地は文官長の執務室だ。

「セイラン様、とりあえず冷やしてください」

タオルを渡そうとするエルマさんに、私は優しく言った。

「エルマさんは気にする必要ないですよ」

「そんなわけにはいきません」

真剣な顔のエルマさんをのらりくらりとかわして歩いていると、前方からダーシャン様とムーレット導師が歩いて来るのが見えて、思わず踵を返した。

ムーレット導師は、腫れた頬を見たら大騒ぎしそうだからだ。

まあ、派手な赤髪に派手な白い服を着ている私を彼が見逃すはずがないのだが。

「セイラン聖女？」

はしゃいだような弾む声に足が止まる。

振り返ったら終わる。

そう思った瞬間、目の前にエルマさんが立った。

「さあ、冷やしてください」

終わった。

私はエルマさんからタオルを受け取り、そのままエルマさんの陰に隠れた。

「セイラン聖女、冷やすとは、何の……」

ムーレット導師はエルマさんを上から見下ろすように見たかと思うと私の真横に立った。

「誰がこんなことを？」

ムーレット導師の声が真横で聞こえた。

「侍女副長、誰です。セイラン聖女の顔を殴ったのは？」

ムーレット導師の聞いたことのないぐらい低い地を這うような声に、エルマさんはプルプルと震える。

「あの、えっと……私のせいなんです！」

エルマさんは顔色を悪くしながら今までのことを事細かに説明した。

「アーデンベルグ補佐か」

いつのまにか、私が握りしめたままだったタオルを奪い取り腫れた頬に当ててくれていたダーシャン様が呟いた。

「アーデンベルグ補佐がそんなことをする男だとは思えないのだが」

「彼がエリザベート嬢と婚約なんて、弱みでも握られたのでしょうか？」

真剣な二人に気づかれないようにその場から離れようとしたが、あっさり捕まった。

「セイランの護衛なのに側にいなくてすまない。とりあえずアーデンベルグに会う前に頬の腫れをどうにかした方がいい」

心配そうなダーシャン様に私は不満を言った。

「顔を腫らして行った方が大事だと思ってもらえると思って」

「いや、ムーレット導師を見ろ、問答無用でアーデンベルグを殺しそうな顔をしているだろ、被害を最小限にするためにも腫れは治せ」

私は仕方なく手で頬を押さえて、前にムーレット導師に見せてもらった踊りの本に書かれていた癒やしのダンスのステップを高速で踏むと、頬の痛みはなくなった。

ただ、エルマさんが目を大きく見開いていた。

「えっ、セイラン様？」

「侍女副長、今のは見なかったことにしてくれ」

ダーシャン様の言葉にエルマさんはグッと口を閉じてコクコク頷いた。

とりあえず、ダーシャン様達も連れてアーデンベルグさんの元へ向かうことになった。

たどり着いた文官長の執務室には凄い量の書類が積まれていて顔色の悪い文官さんが五人机に向かって仕事をしていた。

「おや、ダーシャン様、手伝いに来てくださったんですか？」

書類を抱えた白髪交じりで目の下のクマの酷いおじさんがやって来た。

「文官長、アーデンベルグはいるか？」

「ええ。今は仮眠しているんですよ。あと三十分後に起こす予定なので待っていただけませんか？　彼は徹夜明けで」

ブラック企業だ。

この職場は過重労働している。

「えっと、何か手伝いましょうか？」

思わず口から言葉が出てしまった。

「本当ですか！」

文官長が泣きそうな顔をしながら私に書類を渡してきた。

見れば簡単な計算の書類のようだ。

「これを全部足して、ここに書いていただきたいのです」

全部足すだけで良いなら簡単だ。

小さい頃にそろばん教室に通っていたから暗算には自信がある。

十枚ほど渡された書類を高速暗算して書いていく。

「はい。できました」

私が書類を返すと、周りの空気が凍りついた。

「えっ、まさか」

文官長がそのうちの一枚を手に取り計算を始めた。

「あってる」

「あ、暗算得意なので」

文官長は目に涙を浮かべた。

「て、手伝っていただいてもよろしいですか？」

アーデンベルグさんが起きてくるまで待たなくてはいけないのだし、私は快く計算書類を手伝った。

三十分後、アーデンベルグさんが起きてきた頃には、文官の皆さんから女神と呼ばれていて、ちょっと怖かった。

「アーデンベルグさんですか？」

「はい。僕がアーデンベルグ・リグラグトですが？」

何故私達が会いに来たのか分からないと言いたそうな顔のアーデンベルグさんは疲労の色が大々的に見えるものの、少し武術の心得があるのかがっしりとした体格の美丈夫だった。

他の文官さん達は蹴ったら折れそうな人達ばかりだが、この人は守ってくれそうな雰囲気がある。

ちなみに、エルマさんは侍女の仕事として、王太子達のお茶のお代わりを持って来ることになっている。

「アーデンベルグさんは、婚約者がいるのにうちのエルマさんにちょっかいかけているって本当ですか？」

私が怒り心頭に発して言えば、アーデンベルグさんは首を傾げた。

「えっ、僕に婚約者がいるのですか？」

いや、こっちが聞いているのだ。

「エリザベートさんの婚約者だと聞きましたけど」

「はあ？　あり得ない」

アーデンベルグさんはうんざりといった顔をした。

「エリザベート嬢と婚約だけは絶対にしません。エリザベート嬢のダビダラ家は第一王子の派閥の筆頭じゃないですか。我が家は第二王子の派閥の筆頭ですよ。あり得ませんし、僕は文官になった頃からエルマ嬢を陰ながらお慕いしておりましたので」

後半、顔を赤らめだしたアーデンベルグさんが嘘をついているようには見えない。

「えっ、じゃあ、言いがかりで私はビンタされたってこと？」

殺意しか生まれない。

イライラが顔に出そうになったところでノックの音が響き、エルマさんが新しいお茶を持って戻って来た。

その瞬間、アーデンベルグさんの背筋がピンと伸び、疲れた様子もなくなったように破顔した。

あ、これは、エルマさんが好きで仕方がない顔だ。

一目で分かる反応に、周りも驚いた顔をしていた。

「エルマ嬢」

だが、エルマさんの顔は一切笑っていなかった。

「アーデンベルグ様、婚約者がいらっしゃるなんて存じ上げず、食事のお誘いを受けてしまい申し訳ございませんでした。私の主人が私の代わりに怪我をする事態になってしまったので、これからは私に一切話しかけないでください」

完璧なお断りの言葉に、アーデンベルグさんが呆然として動かなくなってしまった。

エルマさんは言いたいことを言ったとばかりにいい笑顔で頭を下げて部屋を出て行ってしまう。

「アーデンベルグ？」

ダーシャン様が心配そうにアーデンベルグさんに声をかけると、アーデンベルグさんは意識を失ったように倒(たお)れた。

「アーデンベルグ～」

そんなアーデンベルグさんをダーシャン様が支えてあげていた。

私はとりあえず、エルマさんを追いかけた。


エルマさんは、新緑の神殿に帰って来ていて先程とは別人のように部屋の隅(すみ)に蹲(うずくま)っていた。

「エルマさんもアーデンベルグさんが好きだったんじゃないの？」

私の言葉にエルマさんは声を出さずに首を振った。

でも、泣いているのが直(す)ぐ分かってしまう。

「アーデンベルグさんは婚約者なんていないって」

エルマさんは更に首を横に振った。

「アーデンベルグさん、エルマさんのこと本気だと思うよ」

「嘘です」

これが俗に言う両片思いってやつか。

私は場違いにもそんなことを思った。

両片思いなら、私がとやかく言わなくてもきっと大丈夫だろう。

「エルマさん、これだけは覚えててね。私はエルマさんの味方だよ」

エルマさんは私に抱きついてしばらく泣いた。

両片思いなのにな～とは思ったが、本人が納得しなければ良好な関係なんて望めない。

早く誤解が解けてほしいと思いながら、私はエルマさんの頭を優しく撫でるのだった。

友人のプロポーズ（ダーシャン目線）

目の前でこの世の終わりだと言いたげな顔をして膝をついているのは、俺の幼馴染であるアーデンベルグ・リグラグト侯爵子息だ。

「大丈夫か？　アーグ」

「終わりだ……嫌われた……」

ぶつぶつと独り言を呟く彼は、普段凛とした強さを持ったインテリのはずなのに、今は見る影もない。

「おい、アーグ！　エリザベート嬢との婚約に心当たりはないのか？」

虚空を見つめる彼に、言葉は届いていないようだ。

「彼がエリザベート嬢と婚約するというのはあり得ないけど、エリザベート嬢は彼を好きだよね」

突然そう言ったのは文官長だった。

「何か知ってるんですか？」

文官長は苦笑いを浮かべた。

「いや、何度も休みはいつか聞かれたり、好きな食べ物を教えろと言ってきたりしてたんだよ。私にだけど」

理由が分からず首を傾げる俺に、ムーレット導師が俺の肩をポンポンと軽く叩きながら呆れた顔をした。

「それってさ、休日に偶然を装ってばったり会って、お茶や食事に誘って好みが一緒ですね～って親交を深める作戦に決まっているでしょ」

そんな高等テクニックを使ってまで仲良くなりたいなんて、凄く好きってことじゃないか？

「でも、アーデンベルグ君はエルマ嬢しか見てないからねぇ。ほら、最近筋肉つけ始めたのもエルマ嬢に気に入ってもらうためだって知ってた？」

小さい頃から友人として育ったアーグが最近体を鍛え始めたのを不思議に思っていた俺は驚いた。

「えっ？　どういうことなんだ？」

「あ、知らない？　ほら、エルマ嬢のお姉さんが騎士団の子と結婚しただろ。あの時に『頼れる男性と結婚なんて、憧れちゃいます』って言ってたのを聞いて、騎士並みの筋肉をつけたいって文献を漁って筋トレ毎日してるんですよ！　可愛いですよね」

文官長の小さな子どもを見るような温かな視線がかえってアーグを可哀想に見せるのは、

きっと気のせいであってほしい。

「神殿でもエリザベート嬢がアーデンベルグ殿を婿養子にするって言ってたけど、あれは婿養子に欲しいの間違いだったんだね」

ムーレット導師が理解したとばかりにコクコクと頷いていた。

「さっき、アーグがセイランに言っていたように、アーグは俺を支援する派閥の筆頭の家系なのに、エリザベート嬢の家が許可するのか？」

派閥とは複雑なものだし、そう簡単に許されるとは思えない。

「ダーシャン殿下、何を言っているんです。アーデンベルグ殿が第一王子の筆頭の家に婿養子に入ったら、リグラグト侯爵は第一王子の派閥に入ったと思われる。リグラグト侯爵家は第二王太子の派閥の筆頭なのに第一王子に寝返ったということになるでしょ」

ムーレット導師の説明に俺は深いため息をついた。

「元々、ひょろっと背が高く美形で天才のアーデンベルグ殿が好きだったみたいだけど、最近更に頼り甲斐のある男に見えだして焦っちゃったのかな？」

文官長は優しくアーグの頭を撫でた。

俺は放心状態のアーグの胸ぐらを摑み立ち上がらせた。

「アーグ、しっかりしろ！　このまま誤解されたままエルマ嬢を諦めるのか？」

「……」

俺はグッと息を呑み、そしてゆっくりと言った。

「エルマ嬢、最近騎士団で人気なんだよな~副騎士団長のラグナスとも仲が良いって聞いてるな~」

その瞬間、アーグの瞳から殺気が上がった。

「エルマ嬢が慕っているセイランが言っていたが、プロポーズはたくさんの人がいる場所で派手にした方が、ときめくみたいだぞ」

自分で言いながら、セイランはそんなこと言ってなかったな~と思いながらも、アーグの今の状況なら証人がたくさんいた方いいだろうと思って焚きつけた。

アーグは決意した顔で自分の机の引き出しから小さな箱を取り出して走り出した。

「ダーシャン殿下、いつのまにセイラン聖女とそんな話をしたのですか？」

胡乱な目を向けてくるムーレット導師に視線を向けずに、俺は言った。

「そんなことより、導師も証人の一人になってもらいたいから、アーグを追いかけるぞ」

たまにセイランと酒盛りしているなんて言ったら、こいつは絶対邪魔しに来る。

だから、絶対にそのことは教えてたまるか。

俺はムーレット導師の肩をポンッと叩くとアーグを追いかけた。

きっとセイランのいる新緑の神殿に向かったはずだ。

だが、新緑の神殿では人が少ない。

「誰からも言い逃れができないぐらい人がいる場所でプロポーズさせてやりたい。ムーレット導師、エルマ嬢を人の多い場所に移動させられるか？」

走りながら、ムーレット導師に聞けば、ムーレット導師はニヤリと口角を上げた。

「私を誰だと思っているのです？　王立庭園の噴水前集合ですよ」

そう言ったのと、ムーレット導師の姿が消えたのは一緒だった。

とにかく、ムーレット導師に頼んだからエルマ嬢は心配ない。

アーグを上手いこと王立庭園の噴水前に誘導しなくては。

王立庭園は貴族以外の一般庶民にも開放している公共施設で噴水前は格好のデートスポットだから確実に人がいるし、庭園で散歩をしている人の目にも留まる。

どうか、幼馴染が好きな人にプロポーズできますように。

どうか、当たって砕け散ってしまいませんように。

俺は走りながらそんなことを思っていた。

アーグにようやく追いついたのは、新緑の神殿の手前の長い廊下だった。

アーグの前にはヒメカ聖女とエリザベート嬢が立ちはだかっていて、前に進めないようだった。

「ちょっと話をしたいだけじゃない！」

「あまりお時間は取らせませんわ。この書類にサインだけしてくださればいいのですから」

女性二人から詰め寄られ、動揺するアーグに俺は声をかけた。

「アーグ、何をしている。こっちに来い」

俺と彼女達を交互に見たアーグが俺の方に歩き出すと、何故か二人がついてくる。

「ダーシャンは今からどこに行くの？　私も着いて行っていい？」

瞬きをパチパチとしながら上目遣いに見つめてくるヒメカ聖女をうざったく感じながら、俺は速い足取りで歩いた。

「急ぎますので」

結構な速度で歩いているのについてくるヒメカ聖女に半ば感心しながらも、アーグを見れば暗く俯きながらも俺について来ている。

その後ろを遅れてエリザベート嬢が走ってついて来ている。

「ダーシャン様」

アーグに名を呼ばれた。

「俺を信じて黙って着いて来い」

俺の言葉に、アーグは何かを察知したのか、顔を上げた。

そして、何やら話しかけてくるヒメカ聖女を無視して歩き続けた。

王立庭園にたどり着く頃にはヒメカ聖女もエリザベート嬢も肩で息をしていた。

アーグですら疲労の色が見える。

噴水の周りには人がたくさんいて、カップルや親子連れが目立つ。

その中に、赤い髪が見えた。

俺は、そこに向かって歩く。

ムーレット導師も近くにいるのがようやく分かるぐらい近づいた瞬間。

「エルマ嬢！」

真横でアーグが叫んだ。

頭が痛くなるぐらいでかい声に驚くも、俺の後ろからエルマ嬢に向かって走るアーグの背中に『頑張れ』と無言のエールを送る。

「文官になった日、緊張で倒れそうになった僕を心配してくれたエルマ嬢を、あの日からずっとお慕いしていました。どうか、僕と結婚してください」

エピソードは情けないが、実直なプロポーズに周りが固唾を呑んで見守る。

「えっ？」

エルマ嬢は真っ赤な顔で、聞き返す声も裏返ってしまっていた。

「フってくださっても構いません。でも、僕は貴女以外と結婚したくない。だから、フラれたら一生独り身でいます」

そう言いながら、アーグはポケットから箱を取り出して開けた。

中にはキラキラと輝くルビーの指輪が入っていた。

「受け取っていただけませんか？」

たくさんの人に見られながら、エルマ嬢は不安そうにセイランの顔を見た。

セイランは慈愛に満ちた顔でゆっくりと頷いた。

そんなセイランを見て、エルマ嬢はおずおずと指輪の入った箱を受け取った。

その瞬間、周りでアーグのプロポーズを見ていた人達が一斉に拍手と祝福の言葉をかけた。

アーグも感極まったように、エルマ嬢を抱きしめた。

幸せな光景に、俺の口元が緩む。

アーグ達の横でセイランが笑い、同時に涙が溢れた。

セイランの嬉し涙が、あまりに美しくて俺は目を奪われたのだった。

はじめましてでいいですか？

エルマさんがプロポーズされたのを見て、当事者でもないのに感動して泣いてしまった。

エルマさんも泣いていたけど、一緒に泣いてくれて嬉しかったと言ってくれた。

でも、滅茶苦茶恥ずかしい。

泣いてしまったことはとりあえず忘れよう。

そんなふうに思っていたのだが、話は私の想定外の形で広まっていった。

それというのも、エルマさんのされたプロポーズを目撃している人がかなりいたせいか『セイラン聖女に祝福してもらえると、幸せな結婚ができる』という噂が瞬く間に広がったのだ。

聖女の力が祝福なんじゃないか？　という噂も広まっている。

しかも、興味津々の侍女達がエルマさんに直接話を聞いたところ、優しさなのか私が凄く頑張ったように話してくれたようで、セイラン聖女は女神のような人とも言われだした。

だからなのか、その日エルマさんとお茶をしながらくつろいでいると、突然ドアが乱暴に開いた。

ノックもしないで入って来たのは遠くから何度か見たことのある第一王子だった。

突然の訪問に困惑してフリーズする私とエルマさんを見ると、彼はハンッと鼻で笑った。

「そう言えば、そんな見た目だとヒメカが言ってましたね」

何とも言えない見下したオーラが鼻につく。

それでも相手はこの国の王子様だ。

王太子ではないと言え、身分はかなり高い。

私はエルマさんに教わった優雅に見えるお辞儀をすることにした。

「お初にお目にかかります。セイランと申します。ナルーラ殿下」

第一王子はしばらく私を見つめると言った。

「最近、悉くヒメカの邪魔をしているようですね」

「何の話でしょうか？」

私の返した言葉に、第一王子は、はーっと息を吐いた。

「惚ける必要もないでしょうに。わざわざ人の男を奪うだけでは飽き足らず、公衆の面前でドロドロとした愛憎劇を見せて味方を作ろうとしているようですね」

何一つ身に覚えがないのだが、この人頭の中大丈夫だろうか？

「他人の婚約者を奪うのは悪いことだと親に教えてもらわなかったのかな？」

何だかニヤニヤとした含みのある話し方をする彼に、私はニッコリと笑顔を向けた。

「ナルーラ殿下、どこの誰からその話をお聞きになったのかは存じ上げないのですが、騙されてらっしゃるようにお見受けいたします」

「何だって？」

私は元ブラック企業社員だったから、クレーム処理ぐらいお手のものである。

「偉大なる第一王子殿下に誤解をさせてしまい、まことに申し訳ございません」

必勝法は最初にきっちりと謝ることだ。

これで先方が『謝れ』とは言えなくなる。

先に謝っているからだ。

「噂とは日を追うごとに、人を介するうちに大袈裟に脚色されてしまうものなのです。他人の婚約者を奪ったのであれば貴族間でももっと大事な話として広まっているはずだと、聡明なナルーラ殿下ならば直ぐにお気づきになったのではございませんか？」

ここでは、その場にいなかったくせに見ていたかのように振る舞う第一王子の逃げ場を塞ぐ。

理不尽なクレームをしてくる人は大抵頭に血が上っているせいで、こちらを追い詰めようとしてくるが、『聡明な』とか『偉大な』とか先に言われてしまうと、頭がいいことを誇示したくなり分かったフリをするのだ。

実際、第一王子はぐうの音も出ないようだ。

「実際は婚約などしていない方に、私の侍女をしてくれている彼女が選ばれたというだけの話なのです」

かなりバツの悪そうな顔をし始めた第一王子に私は、困ったように眉(まゆ)を下げた。

「あの、こちらからも一つナルーラ殿下のお耳に入れておいてほしいお話をしてもよろしいでしょうか？」

私はゆっくり、この前叩(たた)かれた方の頬(ほお)に手を当てた。

「私が上手(うま)く説明できなかったのが悪いのだと分かっているのですが、ヒメカ聖女様も殿下のように誤解をされていたらしく、ヒステリッ……ではなくて、かなり感情的になられて少々手荒(てあら)な真似(まね)をされたのです」

「手荒な真似とは？　まさか暴れたとでも言うのかい？」

モンスターペアレントのように、うちの子に限ってそんなことするはずがない！　とでも言いたそうな顔をされた。

「暴れただなんて、ただ、ヒメカ聖女様の手が私の頬に当たってしまっただけなのです。かなり腫(は)れましたが、当たってしまっただけのはずなんです。だって、婚約してもいないのに『自分の婚約者』とか言ってしまうストーカーを信じて……いいえ、騙されていたのだと思います」

さも、まだ頬が痛いですよ、と言わんばかりに頬を撫でながら言った言葉に第一王子は怯んだ。

「ですので、ナルーラ殿下が、ヒメカ聖女が洗脳されないように見守ってさしあげてほしいのです。ナルーラ殿下にしか頼めないお願いで、すみません」

完璧な低姿勢に、こちらが突っ込まれそうな話のアラを先に謝ることで、付け入る隙を与えず『貴方にしか頼めない』と言って特別感を出しつつこちらの要求を呑ませる高等テクニックだ。

「そ、そうですね。言われずともヒメカには勝手なことをしないように言っておきましょう」

私はわざとらしくならないように笑顔を作った。

「本当ですか！　よかった。あのままではヒメカ聖女様だけでなくナルーラ殿下の品位まで疑われてしまいそうでしたから。本当に安心いたしました」

本当は書面にしてもらいたいぐらいだが、今回は我慢しよう。

「私達の些細なすれ違いの仲介をしてくださって……お忙しいでしょうに時間を作っていただきありがとうございました。これ以上ナルーラ殿下のお時間を無駄にするわけには参りませんね。この度は本当にありがとうございました」

そう言いながら、第一王子殿下を出口までお見送りし、ドアを閉めた。

しばらくドアに耳を当て、外の様子をうかがい、第一王子がその場を離れる足音を聞いてからソファーにだらしなく座る。

「づがれだー」

前にダーシャン様が言っていた濁点だらけの『疲れた』が思わず口から出てしまった。

クレーム処理って本当に疲れる。

そう思いながら長いため息をつく。

すると、エルマさんが素早くお茶とお菓子を用意してくれた。

「セイラン様、本当に素晴らしかったです！　ナルーラ殿下を言葉で黙らせる人を初めて見ました」

エルマさんは興奮したようにそう言って瞳をキラキラと輝かせた。

私は出されたお茶をゆっくり飲み、また長いため息をついた。

第一王子が頑張って、ヒメカ聖女とエリザベートさんが二度と新緑の神殿に来なくなりますように、と願わずにはいられなかった。

あの日から、平和な日々が訪れた。

なんてことは一切なかった。

ヒメカ聖女は度々新緑の神殿に来ては文句を言って帰るようになった。それというのも、エリザベートさんが寝込んでしまったらしく、それが私とエルマさんのせいだと言っているのだ。

まあ、婚約していないのに婚約者だと言うストーカー行為をしてしまったのだから、自業自得ではないだろうか？

質が悪いことに、ヒメカ聖女はダーシャン様がいる時だけ被害者ぶるのだ。

「私はずっと信じていて、だからあんなふうにしちゃって。ダーシャンなら分かってくれるよね？」

言葉遣いが気になって内容が頭に入ってこないが、ダーシャン様にだけはいい子であると思わせたいようだ。

私とムーレット導師はそんな二人を見ながらお茶を啜った。

「セイラン聖女、ダーシャン殿下を助けてあげないのですか？」

「いや、だって、助けてって言われてませんし」

そんな私達にお茶菓子を出しながらエルマさんが呟く。

「目が助けてほしそうですが？」

言われて見れば、瞳孔がゆらゆらと揺れている。

しかも、たまにチラチラとこっちに顔を向けているようだ。

私は気づかなかったフリをしながら言った。

「うわ〜今日のお茶菓子も美味しそう」

今日のお茶菓子はクリームのたくさん乗ったシフォンケーキで、テンションが上がる。

「聖女の羽っていうケーキです」

ファンシーなネーミングにちょっとたじろいでしまった。

「美味しいですよね。このケーキは前回の聖女様が広めたのですよ。最初は違う名前だったのですが、この名前にしてから急激に広まったケーキです」

口に入れるとフワフワの生地が幸せな気持ちにしてくれた。

「ヒメカ聖女、仕事があるのでお引き取りください」

ダーシャン様がとうとう痺れを切らして口を開いた。

「仕事？　私にもお手伝いさせてください」

ダーシャン様はヒメカ聖女の後ろからやって来た人を見て頷いた。

「では、文官長の執務室に行きヒメカ聖女がここ一ヵ月で購入したものの伝票の整理をしていただけませんか？　毎日たくさんの伝票の整理で文官はヒーヒー言っているので助かります」

やって来たのはアーデンベルグさんだった。

たくさんの書類を抱えている一枚をヒメカ聖女の前に差し出す。

びっちりと数字で埋まる紙を見たヒメカ聖女は一瞬にして顔を背けた。

「あ！　私、もうお祈りの時間だわ!!　手伝いたいのはやまやまだけど、自分の神殿に帰りますね！　ダーシャン、送ってくれない？」

名指しでダーシャン様を連れ出そうとするヒメカ聖女のガッツに、拍手したくなった。

「申し訳ないですが、ダーシャン様に確認してほしい書類もあって……廊下に護衛の騎士が四人ほど立ってらしたようですが、あれは確かヒメカ聖女様の護衛では？　人事の書類もありまして、そちらも見ていただけるのであれば直ぐにお持ちしますが？」

アーデンベルグさんがニコニコしながらヒメカ聖女に近づくと、大きな舌打ちをして、ヒメカ聖女は逃げて行った。

「品位のかけらもない」

アーデンベルグさん、小声でも聞こえちゃいましたよ。

見れば、嬉しそうにアーデンベルグさんとダーシャン様用のお茶を淹れていたエルマさんに何だか癒やされる。

アーデンベルグさんは申し訳なさそうに、抱えていた書類を私に差し出した。

「いつも手伝っていただいて申し訳ございません」

「私、書類仕事得意なんで大丈夫ですよ。それに、簡単な計算ばかりですから」

「本当に助かります」

最近では、文官一人分の書類を手伝うようになっていた。

私がお手伝いすればお休みをもらえる文官が増えるらしいし、私は暗算できるからスピードが速い。午前中にパパッと終わらせられる。

伊達に無駄にブラック企業で朝から晩まで働いていたわけじゃない。

「アーデンベルグ様もお茶で一息ついてください」

「エルマ、ありがとう」

幸せオーラ振りまく二人とは対照的なダーシャン様の疲れきった顔に苦笑いしてしまう。

「ヒメカ聖女はダーシャン殿下のことが好きなようですな」

ムーレット導師の言葉に更に嫌そうな顔をするダーシャン様。

「そうでしょうか？　彼女の場合、コレクションしたいだけでは？」

アーデンベルグさんの言葉に、私達は首を傾げた。

「要するに、見た目のいい男をそばに置きたいだけな気がします。あと、自分はモテると思い込んでいる」

「ああ〜」

ダーシャン様が理解したように頷く。

「だから、アーグも『私の専属文官にしてあげてもいいのよ！』とか言われてたのか」

ええ、ダーシャン様の地味に似ているヒメカ聖女のモノマネにムーレット導師が盛大にお茶を噴いてしまったのは、仕方がないことだと思う。

エルマさんにいたっては、何が起きたのか理解できなかったように固まっている。

「ダーシャン様、前にも言ったけど似てないからね」

「和むかと思って」

私の横で呼吸困難になりそうなぐらい笑い転げているムーレット導師が死なないか心配になる。

「お爺ちゃん大丈夫」

思わず背中をさすりながら聞いたが、大丈夫そうには見えない。

和むどころか、地獄絵図である。

「昔は王妃様のモノマネしてよく怒られてたよねダーシャン様」

しみじみと遠くを見つめるアーデンベルグさんを見て、心中お察しする次第だ。

「そう言えば言われたね。ただでさえ死ぬほど忙しい原因がヒメカ聖女の浪費なのに個人の文官になんかなったら数日で死ぬと思ったからお断りしたんだ」

ああ、文官が忙しいのってヒメカ聖女のせいだったんだ。

普段、ヒメカ聖女は派手なドレスや宝石をつけているが、そういうことなのだろう。

「あの、それで言ったらなのですが……最近ナルーラ殿下がセイラン聖女に会いに来るのも何か意図があるのでしょうか？」

　エルマさんの質問に、私は思った。

　あの人は自慢話をしたいだけで私に会いに来ているだけだと。

　だって、こんな凄いことができるとか、あんな貴重なものを持っているとか、自分のことばかり話して満足して帰って行くのだ。

「それは、いつの話ですか？」

「最近は良くいらっしゃいます」

　ムーレット導師とダーシャン様の目つきが変わった気がした。

「昨日もいらしてました」

　さっきから思案顔だったアーデンベルグさんが、解ったというような顔をした。

「ダーシャン様とムーレット導師が会議などで、絶対に来られない時を狙って訪問しているみたいだね」

　アーデンベルグさんの言葉に、ムーレット導師がニッコリと笑顔を作ったが、目が笑っていない。

「害虫ってやつは本当に厄介ですなー。早めに駆除しなくてはのさばらせてしまうことになるのでは？」

「同意見だ。あの二人が絶対に入ってこられない結界でも張るか？　ルリをけしかけて二度と寄ってこないようにするか？」

「素晴らしい。空からヒスイに監視させれば神殿に近寄る前に対処できるかもしれませんね」

いつも言い争って代理戦争までさせようとする二人が、同じ敵を得て仲良くしている様に何だか感動してしまう。

「ヒメカ聖女の評判が悪いからってセイラン聖女を自分のものにしようとしているってこと？」

アーデンベルグさんが聞けば、ムーレット導師の額に青筋が浮いた。

「うちの聖女があんな頭空っぽの男にちょっかい出されるなんて、虫唾が走りますね」

分からなくもないが空っぽまで言わなくてもいいんじゃないかな？

「セイラン様の見た目がお気に召さないようで、髪ぐらい染めたらどうだ？　とかその色じゃなければな～とか言って帰っていくんですよ。本当に失礼なんです」

エルマさん、その話を今する必要あった？

見れば、ダーシャン様からもドス黒い雰囲気が漂っている。

「セイランはそのままで、充分可愛い。ふざけるな」

ダーシャン様の突然の言葉に心臓がビクッと跳ねた。

何を言ってるんだこの人と思いながらも、心臓のダメージはでかい。

「おお！　さすが王太子だけある。セイラン聖女の真実の姿を知らずとも、可愛いと言えるとは」

ムーレット導師の言葉に、私は飛び跳ねそうなぐらい驚いた。

「真実の姿とは何のことだ？」

ダーシャンの疑問にムーレット導師が口を開こうとするのを、私は慌てて手で押さえて黙らせた。

何故私に真実の姿があってこの人は知っているんだ？

不審そうなダーシャン様とエルマさんとアーデンベルグさんに私は引き攣りそうになる口元を無理矢理上げて笑った。

「ムーレット導師は何を言っているんだか」

言いながら、かなり無理があると理解できた冷静な頭が憎い。

「セイラン、秘密の一つも打ち明けられないほど、俺はそんなに頼りない男か？」

ダーシャン様の捨て犬のような瞳に、若干イラッとする。

この人、自分の顔面偏差値高いこと分かっていてやってるのだろうか？

質が悪いんじゃないか？

「ダーシャン様、乙女の秘密を暴こうなどとはいささか無粋なのでは？　その点、私は同じ女ですし隠すより打ち明け、共に歩む覚悟があります！　どうかセイラン聖女の侍女であるこの私にお話しください！」

エルマさんの演説に怯む私。

「エルマは、僕と共に歩んでくれなきゃ困るな～」

もっともなアーデンベルグさんの呟きは、エルマさんによって聞こえなかったフリをされた。

私にも聞こえたのだから、絶対に聞こえていたはずだ。

動揺する私がオロオロする中、ムーレット導師がぐったりし始め、そこでようやく、ムーレット導師の口と一緒に鼻まで押さえていたことに気づいた。

「ひゃ！　ごめんなさい」

「危うく召されそうになりました」

ムーレット導師は大きく深呼吸をしていた。

「ムーレット導師だけ知っているのは不公平だ！」

「そうです。そうです」

不満そうなダーシャン様とエルマさんに、私は深いため息をついた。

「何でムーレット導師は知ってるんですか？」

「私は妖精ですので」

そんな言葉で、片付けられてしまう秘密だったのかと悲しくなる。

「絶対に他言しないでくれますか？」

「ああ、分かった」

「私も誓います」

私は、クローゼットにしまっていたトランクを引っ張り出してきて、開いた。

そこには色とりどりの衣装にウィッグ、コンタクトレンズが入っていた。

「こ、これは？」

明らかに異様なトランクに、動揺するダーシャン様。

「人の髪ですか？」

不思議そうにウィッグの一つを手に取るアーデンベルグさんに、私は笑いながら言った。

「これは化学繊維ですよ。自信ないけど、人の髪から作るウィッグは高額だって聞くし、この手の色で生まれる人は、私の世界にはあまりいませんから」

私の説明を聞きながら、エルマさんがコンタクトレンズの入った瓶を日にかざす。

「それはガラスです。目に入れると目の色が変えられます」

「目の色が？」

私は自分の頬の上に人差し指を乗せた。

「これもガラスです」

周りから、不思議そうに見られる。

「ピンクの髪がここにあるということは、街で見かけた姿も作りものだったということだな」

「はい」

「髪がズレたり取れたら大変だから、頭を撫でられたくなかったのか？」

「そうです」

ダーシャン様はふーっと息を吐いた。

言っていなかっただけで、嘘をついていたわけではないのだからそんなあからさまなため息はやめてほしい。

「本来の色は何色なんだ？」

ダーシャン様の核心をついた質問に、私は苦笑いを浮かべた。

「皆さんを信用しているから見せます。絶対に誰にも言わないでくださいね」

私はそう前置きしてから青い方のコンタクトを外した。

ウィッグは外したら付け直すのが大変だからコンタクトにした。

「この色です」

そう言って見せた瞬間、時が止まったように全員が固まった。

「初代聖女様のような漆黒の瞳だ」

　ムーレット導師が泣きそうな顔で呟いた。

「えっ？　知っていたんじゃ」

「瞳の色までは」

　騙されたのだろうか？

　他の人には見られたくないから、直ぐにコンタクトを付け直す。

「夜空のような漆黒の瞳、私、初めて見ました」

「僕もです」

　エルマさんとアーデンベルグさんがウキウキとした雰囲気で言えば、ダーシャン様がゆっくりと深刻そうに言った。

「それは、ここにいる人間以外に知られるのはマズイな。凄く危険だ。この世界の人間ならば、喉（のど）から手が出るほど欲（ほ）しい存在ということだからな」

「だから、隠していたんです」

　私のもっともな言葉に、全員が黙った。

　知りたいと言ったのはそっちだ。

　私は悪くない。

「すまない」

　ダーシャン様は申し訳なさそうに頭を下げた。

まだ私には名前という秘密があるのだが、そっちは言う必要もないだろうと口をつぐんだのだった。

黒いモヤは魔素ですか？

新緑の神殿に戻って、発声練習や筋トレをする日々が続いていた。

聖女としてできることはやりたいが、公の仕事はヒメカ聖女が率先してやっているようで、私は雑務をこなしていた。

「星流れの祭り？」

朝から、神殿が騒がしいと思っていたその日。

街では『星流れの祭り』というものが行われるのだという。

「この日は月が姿を隠して、たくさんの流れ星が見られるんです」

どうやらこの世界では流星群の日が決まっていて、その日にお祭りをするのだという。

お祭りなんて聞いたら、行きたくなってしまうのは仕方がない。

夜になったら、こっそり抜け出してルルハのコスプレをして街に行こうと決めた。

「星流れの舞台で踊るセイラン様は美しいでしょうね」

「は？」

今、何だか理解できない言葉が聞こえた気がした。

「星流れの祭りは月の神、ルルーチャフ様のお祭りなので、月の神殿で歌と踊りを披露するのが慣わしで……ルルーチャフ様の神殿で召喚されたセイラン様が踊りを奉納するのでは？」

月の神殿ってあの遺跡みたいなところか。

っていうか、奉納する踊りなんて知らない。

前にムーレット導師にもらった本を隅々まで見たけど、それらしいものはなかった。

どういうことかと思っていたら、例の如くヒメカ聖女とエリザベートさんがドアの前で警備をしていた騎士様を押しのけて入ってきた。

「あら、こんにちはセイランさん」

『あら』とは何だ？　今気づきましたみたいな言い方だが、ここは私の部屋だ。

「ええ～と、何か？」

ヒメカ聖女は薄ら笑みを浮かべながら言った。

「今日、流れ星のお祭りがあることぐらい知ってるでしょ」

「はい。さっき聞きました」

ヒメカ聖女はクスクスと笑った。

「ええ！　そうなの？　セイラン聖女は月の神殿で呼び出されたのでしょ？　なのに大丈夫？　大丈夫じゃないわよね？　だって、歌も踊りも下手っぴでしょ」

ヒメカ聖女の後ろでエリザベートさんもクスクス笑っている。

「それに、この日は月の神殿に国民達もたくさん来るのに、下手な踊りと歌で民衆をガッカリさせたら大変じゃない。だから代わってあげる。民衆も私の歌と踊りの方が喜んでくれるに決まってるじゃない？」

どうやら、私が奉納する歌も踊りも知らないのはこの二人の差し金のようだ。

「ええ！　やってくれるんですか？　嬉しいです〜助かります〜これでお祭り堪能できます〜」

自分で言って、イライラする言い方でお礼を言うと、ヒメカ聖女は眉間にシワを寄せた。

「貴女に聖女としてのプライドとかないわけ？」

「ありませんけど？」

即答すれば、ヒメカ聖女はムッとした顔をした。

「そ、なら私が民衆にチヤホヤされるさまでも指を咥えて見てればいいわ！」

そう叫ぶとヒメカ聖女達は去って行った。

「ヒメカ聖女は城の地下にある簡易的な神殿で召喚されたため、お披露目みたいなお祭りはないんです。だから羨ましくなっちゃったのかもしれませんね」

エルマさんはしみじみとそう言いながら、新しいお茶を淹れてくれた。

やってくれるって言ってるんだから、やってもらえばいい。

なにせ歌も踊りも分からないのだから。

その日の夕方、ムーレット導師が大きな箱を持ってやって来た。

箱の中身はギリシャ神話の神が着ていそうななかなかセクシーなエンパイアドレスで、正面から見ると膝上で後はくるぶしまでくるデザインだった。

「この髪と瞳では似合わないですよ。このドレス」

「はい。なので、このベールを被ってもらいます」

白いベールを頭に乗せる。

「これは魔法のベールなので、内側からはよく見えるようになっているんですよ」

楽しそうにベールの説明をするムーレット導師に私は申し訳なく思いながら言った。

「あの、私、歌も踊りも教えられてないんですけど」

「はあ？」

今朝あったことをムーレット導師に話すと、導師は呆れてものも言えないとばかりに口をつぐんだ。

「ヒメカ聖女が代わりをしてくれるならいいと思ったのですが、ダメでした？」

「普通に考えたらダメですね。踊りは前回、本を読んで直ぐに覚えられたので今回も大丈夫でしょうが、歌は……」

ムーレット導師は急いで振り付けの本を持ってきてくれた。

「やっぱり探しましたが歌の本は返されていませんでした。聞いたところ、エリザベート嬢が聖女様に持って行く、他言するなと言って持って行ったようです。管理者も聖女様に届けてくださるものと思っていたらしいです」

振り付けの本はを見ると、クラシックバレエのような振り付けだと解る。

スカートの中にスパッツを履かなくては、パンチラしてしまいそうで怖いが、コスプレ衣装の中に常備しているから大丈夫だ。

振り付けを確認しながらクルクルと回る。

バレエも少しだけ習ったことがあるから、できそうだ。

私がクルクル回るのを見ながら、ムーレット導師が拍手をしてくれた。

ベールは魔法がかかっていて、踊っている間も落ちることがなかった。

「このベール凄いですね。全然取れない」

「魔法がかかっていますから」

ムーレット導師がこう言ってるのだから大丈夫だろう。

「歌はもしかしたら私が知ってる歌かもしれないので、ヒメカ聖女が歌ったのを聞いて判断します」

「その手がありましたね！」

名案だとムーレット導師は喜んでくれたが、私の知らない歌では、どうにもならないのだが、まあ、いっか。

「さあ、セイラン様、お召し替えをしましょう」

エルマさんが楽しそうに私の手を引っ張った。

連れて行かれたパウダールームで、私はコンタクトとウィッグを外した。

肩下まで伸びた黒髪を見たエルマさんは感動したみたいで泣いた。

何だか申し訳ない。

「セイラン様って本っ当に美人です」

そんなことありませんよ。

そう言おうとしたけど、言わせてもらえる雰囲気ではなくなった。

「肌は白いしバランスの良い目鼻立ちをしているし、髪や目が普通の色味なのが不思議でならなかったのですが、漆黒が本当にお似合いです」

エルマさんは私を褒め殺そうとしているようだ。

「私がセイラン様を女神に変えてさしあげます」

そう言って、エルマさんにメイクもドレスも完璧に仕上げられた。

ナチュラルメイクなのが嬉しい。

そして、完璧にベールを被ってパウダールームを出た。

パウダールームから出ると、ダーシャン様が待っていた。

「今日の護衛は俺だ」

私はベールの下でニッコリと笑った。

「よろしくお願いします」

「私もご一緒したいところですが、導師は聖女の儀式の準備があるので、残念ですが、ダーシャン殿下に頼む他ありません」

本当に申し訳なさそうなムーレットを見て、ダーシャン様の口角が少し上がった気がした。

ムーレット導師が急いで出て行った後、改めてダーシャン様は私をまじまじと見つめた。

「何です？　似合いませんか？」

「いや、そんなに厳重にベールをかぶっていたら、似合うも似合わないもないだろ？」

言われてみればそうだ。

「せっかく可愛くしてもらったのにそれもそうですね」

私が軽く笑うと、ダーシャン様はゆっくりと私の前に立った。

「見たい」

「へ？」

首を傾げる私に、眉を若干下げながらダーシャン様は言った。

「どれだけ可愛いか見ていいか？」

急激にハードルを上げてくるのはやめてほしい。

「そんなに期待されると言うんじゃなかったと思ってしまいます」

「どんな姿でもセイランの顔が見たい」

本当に心臓に悪いことをサラッと言ってくるのやめて。

私が内心ドギマギしているのを気づきもしないで、ダーシャン様はゆっくりと私の被っているベールに手をかけた。

純日本人である私からしたら、ベールなんて馴染みがない。

ベールのイメージなんて、結婚式に新婦が被るものという知識ぐらいしかないせいか、妙にドキドキしてしまう。

「ダメなら、言ってくれ」

もう、一思いに見てしまってほしい。

「チラッとだけですよ」

私が意を決して言えば、ダーシャン様は嬉しそうに微笑んだ。

顔面偏差値が高すぎて、浄化されて召されそうな気分になったのは仕方がないと思う。

そんな私を知るはずのないダーシャン様はゆっくりと私の顔にかかったベールを持ち上げていた。

思わず目を瞑って(つぶ)しまったのは、召されそうになったからだ。

ああ、ダーシャン様ってアニメのヒーロー並みにかっこいい。

そう思ったのと、ダーシャン様の喉(のど)がゴクリと鳴ったのはほぼ同時だった。

不意にダーシャン様がベールの下の私の顔を見てどんな反応をしたのか気になって目を開けば、思っていたより近い場所にダーシャン様の顔があって驚(おどろ)いた。

「ち、近いです」

ダーシャン様の顔を手で押しながら、私は抗議(こうぎ)した。

「す、すまない。あまりに綺麗(きれい)で……」

て、照れるから！

「まじまじと見すぎです」

「すまん。けど、その格好は危険じゃないか？」

心配そうなダーシャン様に、私はベールを元に戻(もど)して、軽くぴょんぴょんと飛び跳(とは)ねてみせた。

「魔法のベールなので、意図的に持ち上げない限り取れないし、ずれないんですよ」

そんな私を見てダーシャン様はやっぱり心配そうだったが、渋々納得(しぶしぶなっとく)してくれたようで助かった。

祭りの始まりは日没で、その後直ぐに儀式をし、流れ星が流れ終わる朝まで祭りは続くらしい。

「は？　ヒメカ聖女が代わりをする？　それを月の神が許すと思っているのか？」

「許さなかったら、何か起こるんですかね？」

「そんなことしたやつなんて今までいないからな」

私はキョロキョロと周りを見ながら月の神殿に向かった。

やはりお祭りだけあって出店がたくさん並んでいる。

「ダーシャン様、儀式が終わったら色々食べ物とお酒を買って帰って飲み会しましょ」

「ああ、そうだな」

人混みの中を目立たないように茶色のローブをかぶって、ようやくたどり着いた先にいたのは、ピンク色のミニスカートのまるで魔法少女のような格好をしたヒメカ聖女だった。

「ダーシャン！　私を見に来てくれたの‼　嬉しい」

と叫びながら抱きつこうとしてくるヒメカ聖女をダーシャン様は華麗にかわしていた。

可愛いし、似合っているが、そういった服装だと胸元が不自然に見えた。

まあ、言わないけど。

「ヒメカ聖女は月の神とは関わりがないのに何故ここに？」

ダーシャン様の疑問に答えたのは、赤茶色の髪の目が釣り上がったおじさんだった。

「それは勿論、ヒメカ聖女様が全ての神に愛されるべき聖女様だから、といったところでしょ」

「ダビダラ導師」

「あの老ぼれ、いやいや、ムーレット導師の呼び出した聖女が役立たずなため、我らが呼び出したヒメカ聖女の素晴らしい歌と踊りで月の神に満足していただくのです。今回の失態を皮切りに、早いところ導師長の座を私に譲ってくだされればいいのですが」

勝手なことを言うダビダラ導師にダーシャン様はイライラを隠せていなかった。

「セイランは月の神に選ばれた正当な聖女です」

ダビダラ導師はハハハと愉快そうに笑った。

「ヒメカ聖女の足元にも及ばない上に歌も踊りも下手くそだと聞いていますよ。ダーシャン様もそんな女を押しつけられてお可哀想ですな」

ダーシャン様が更に口を出そうとしたのに気づき、私はダーシャン様の服の裾を掴み引っ張った。

「セイラン？」

「えっ？　やーだー、その人セイラン聖女だったんですか？　何そのダサい格好。えー無理なんですけど～」

ヒメカ聖女の笑い声がその場に響いた。

私から見れば、貴女も大概な格好だが？

「ヒメカ聖女は……花が咲いたような装いですね」

「そうでしょう！　私貴女みたいにセンス悪くないから」

うん。アイドルみたいでいい気がしてきた。

「ヒメカ聖女の勇姿を陰ながら見させていただきますね。ダーシャン様行きましょう」

私はダーシャン様を引っ張って、月の神殿の舞台がよく見える席に座った。

「言いたい放題言いやがって」

ダーシャン様は小さく悪態をつきながらも、私の隣に座ってくれた。

「月が出ない日に月の神殿のお祭りなんですね？」

「月が出ていないから、月の神が地上に下りていると言われてるんだ」

なるほど、と思った。

ではやっぱり、月の神がちゃんと見ていると思っていいだろう。

そろそろかな？　と思ったのとヒメカ聖女の歌とダンスが始まったのは同時で、私達は大人しくヒメカ聖女に視線を移した。

ヒメカ聖女の歌はどう見ても最近のアイドル曲とダンスだった。

なんの参考にもならなかったと思いながら、周りの人達もどんな反応をしていいのか戸惑っているように見えた。

本気で引いてる人までいる。

そんな中、ヒメカ聖女の歌と踊りに合わせるように、黒いモヤのようなものが立ち上がり始めた。

前に広場で見た黒い生き物のようなものなのかと思って見ていたが、何だか明らかに禍々しく感じる。

周りを見れば、見えてる人がほとんどでザワザワとした声としまいには、席を立つ者が現れた。

アレは、もしかして魔素だろうか？

魔素だとしたら、あの時のルリのように体に取り込んでしまったら危ないんじゃないだろうか？

妖精ですら魔物のように変えてしまうのが魔素だと言ってもいいはずだ。

あのままあんな濃い魔素を浴びたらヒメカ聖女が魔物になってしまうんじゃないか？

ヒメカ聖女もようやく異変に気づき歌も踊りもやめたが、危ない状況に変わりはない。

私は勢いよく立ち上がると自分の知っている月に関わる歌を思い出していた。

そして、小さい頃にアニメのエンディングで流れていた英語の月の歌を思い出して歌い出した。

和訳も簡単で短い歌だったから、英語の授業で歌わされた遠い記憶（きおく）が蘇（よみがえ）る。

私は踊るのを忘れて歌い続けた。

空に向かって、どこまでも響くように。

すると、魔素はどんどん薄れていき、霧散（むさん）した。

舞台には倒（たお）れたヒメカ聖女が横たわっていた。

安堵（あんど）するのも束（つか）の間（ま）、大きな拍手がその場に響いた。

振り向（む）けば大勢の人が拍手をしてくれているようだった。


「セイラン」

「ダーシャン様、あの」

「良くやった。後はダンスだけだな」

そう言われて、どうしようかと思ったらどうやら楽団があるのだと言う。

歌は分からないが、音があるなら踊れる。

私はローブを外し、運ばれていくヒメカ聖女を見送ってから覚えたてのダンスを踊った。

空を流れ星が降る中、白いベールを被った聖女が踊る姿は人々の記憶に深く刻まれた。

この年より、星流れの祭りでは月の神に選ばれた聖女のみが儀式を行わなければならないと文献に残されたのだった。

好きの言葉は突然に

星流れの祭りの日から、私はベールの聖女という名前になってしまったらしい。

ベールなんて、あの日しか被っていなかったのに、何だか釈然としない。

ルルハのコスプレをして街を歩けば、ベールの聖女の話だらけだし、小さな女の子達は白いタオルを頭に被せて聖女様ごっこをしているのだ。

私の知名度が上がったのをいいことに王国のブラックな働き方を見直してもらえるように働きかけて、改善が進んでいる。

ヒメカ聖女の行動はヒメカ聖女が独断でやったのだとダビダラ導師が言ったらしく、部屋で謹慎処分になっているらしい。

ヒメカ聖女を召喚したのはダビダラ導師なんだから責任も一緒に取ればいいのにと思うのは私だけではない。

それに、第一王子が更に頻繁にやってくるようになった。

もっとヒメカ聖女を大事にしてあげてほしい。

新緑の神殿の東屋でダーシャン様と飲み会をしている時にそう言えば、笑われた。

「セイランは本当に分かってないな」

「何がですか？」

　お酒を口にしながら楽しそうに笑うダーシャン様に私は口を尖らせた。

「兄はセイランに惹かれている」

「は？」

　本気で引いた。

「あんな態度のでかい人無理ですし、それ以前に私に興味なんてないと思いますよ」

　私が拒絶の言葉を吐けば、ダーシャン様は豪快に笑った。

「安心した」

　ダーシャン様は私のグラスにお酒を注いでくれた。

　それを舐めるようにちびちび飲んでいる私の頭をダーシャン様は豪快に撫でた。

　勿論、ウィッグが大変な角度になり、思いっきり笑われた。

　理不尽だし、迷惑極まりない。

「ああ、すまない」

　ダーシャン様は私のズレたウィッグを直しながら言った。

「セイランの本当の瞳を見た時は驚いたな」

　しみじみと言われると何だか居た堪れない気持ちになる。

「吸い込まれそうな色だった」

「もしかして酔ってます」

「そうだな。酔ってる」

素直に認められるなら、酔ってないんじゃないかと思う。

「この辺でお開きにしますか？」

「嫌だ」

普段のダーシャン様なら絶対に言わなそうなセリフである。

「セイランの秘密は俺だけが知りたかった」

ぽつりと呟くダーシャン様が何だか可愛く見えて、私もダーシャン様の頭を乱暴に撫でた。

「ダーシャン様、そういった言葉は好きな人に言わなくちゃダメですよ」

私の言葉に、ダーシャン様は頭にあった私の手をギュッと握った。

「だから言ってる」

何を言われたのか理解できずにフリーズする私に、真剣な眼差しで見つめてくるダーシャン様。

「好きな女の特別になりたいから言った」

一気に身体中が熱を持ったみたいに熱くなる。

「俺だけを頼ってほしいし、できればセイランが幸せそうに笑っている時は側で見ていたい。ムーレット導師にもラグナスにもエルマ嬢や兄にだって、負けたくない」

ダーシャン様はニコニコと笑った。

「好きだ」

ダーシャン様はそのままテーブルに突っ伏して寝息を上げ始めた。

完璧に告白されたが、酔っ払って言ったのは確実で、私はパニックになりながら手元のお酒を飲み干そうとして、未だに手を握られたままだと気づく。

声にならない悲鳴を上げていると、東屋に人影が入って来た。

「おやおや、ダーシャン殿下が酔い潰れるなんて珍しい」

人影の正体はムーレット導師だった。

「セイラン聖女の手を摑んで幸せそうに寝てますね……このまま永眠させちゃいましょうか？」

私は慌てて首を横に振った。

「でしょうね。私はダーシャン殿下を部屋に運んできますね」

「あ、はい……」

「どうしました？」

私の歯切れの悪い返事に、ムーレット導師が聞き返してきたが、何故そんな返答をしたのか自分でも分からない。

「離れがたいのですか？」

「⁉」

分からない気持ちを言い当てられてしまったみたいで驚く私に、ムーレット導師は優しく笑った。

「ダーシャン殿下も手を離してくれそうにないみたいですし、一緒に来ていただけますか？」

ムーレット導師は私がついて歩いている間、一言も喋りかけてこなかった。

長い城の道をダーシャン様に、手を掴まれたまま歩く。

窓から月明かりがさして、ダーシャン様の部屋まで案内してくれてるみたいだ。

ダーシャン様が私をそんなふうに見ていたなんて気づかなかった。

無口なのかと思ったらそうでもなくて、色々なストレスを抱えているのに他人を思いやれる心の余裕があって、いいお兄さんだと思っていた。

「セイラン聖女」

「はい」

「ここがダーシャン殿下の部屋ですよ」

「……はい」

部屋の中まで入るのは、良くないかもしれない。

私は手を離そうしているのに、ダーシャン様は離す気がない。

困る私に、ムーレット導師がぽつりと呟く。

「手、切り落としちゃいますか？」

「ダメです」

突然怖いことを言うのはやめてほしい。

「なら、いいことを教えてあげます」

ムーレット導師は内緒話をするように、私の耳元で囁いた。

「額にキスしてさしあげてください。きっと離すはずです」

何を言ってるんだこの人？

不信感をあらわにする私に、クスクスと笑うムーレット導師。

揶揄われた。

ふざけないでほしいと言おうと思ったが、ムーレット導師の目は真剣に見えた。

「騙されたと思って、さあ」

ムーレット導師に騙されただけだと何度も心の中で呟きながらダーシャン様の額にキスをした。

軽いリップ音と共に顔を離せば、ダーシャン様が幸せそうに笑って手を離してくれた。

目が開いてないから起きてはいないはずだけど、心臓を撃ち抜かれるような可愛い笑顔とか、顔面偏差値の高いやつはこれだから質が悪い。

「はは、幸せそうな顔して、後でさっきのことを教えてあげるといいですよ。死にたくなるぐらい恥ずかしいはずですから」

ムーレット導師はそう言ってダーシャン様をベッドに運んでくれた。

「部屋まで送ります」

「ありがとうございます」

そう言えば、ムーレット導師は何で東屋に来たのだろう？

私が声をかけようと思ったのと同時にムーレット導師と目が合った。

「何やら不思議そうな顔をされてますね」

「何故東屋に来たんですか？」

ムーレット導師はフフフと笑った。

「セイラン聖女と私は契約をした主人と妖精ですから。主人が困っていたら直ぐに察知できますよ」

言われてみれば、単純な理由だった。

「セイラン聖女は夢とかありますか？」

「夢ですか？」

ムーレット導師はまたフフフと笑った。

「私の最近の夢はセイラン聖女のお子様にジージと呼ばれることなんですよ」

ムーレット導師の予想外の夢に私は思わず笑ってしまった。

「まだ恋人もいないのに」

「でも、最近ダーシャン殿下に心を揺さぶられているではありませんか」

主人の感情の機微に敏感な護衛も考えものだと実感した瞬間である。

「私は基本セイラン聖女の味方ですがね。私の夢を叶えてくれるのはダーシャン殿下ではないか？　とも思っているのです」

そんなふうに言われても……。

「たくさん悩んでください」

ムーレット導師は楽しそうに軽い足取りで私を部屋まで連れて行ってくれた。

翌朝、ダーシャン様が不思議そうな顔をしてやって来た。

「俺、昨日歩いて帰ったか？」

確実に告白のことを忘れているダーシャン様にイラッとする。

「私がお姫様抱っこで運びましたよ」

ムーレット導師の言葉に、あからさまに嫌そうな顔をするダーシャン様。

「嘘だろ？」

「事実ですね。ダーシャン殿下が嫌がりそうなのでわざとお姫様抱っこしましたから」

ダーシャン様は膝をついて項垂れていた。

私はダーシャン様の肩をぽんぽんと叩いた。

「『お酒は飲んでも飲まれるな』って言葉があるんですよ」

「くっ」

悔しそうなダーシャン様を見られて、溜飲が下がる思いがした。

そんな会話をしていたら、ドアをノックする音と共に、ドアが開いた。

こんなことをしてくるのは一人しかいない。

第一王子だ。

「な、何でもういるんだ！」

ダーシャン様とムーレット導師を指差して文句を言う第一王子に二人の視線が突き刺さる。

「兄をここに入れないようにする話はどうなっていたか？」

「まさかいつもこんな朝っぱらから訪問しているわけではありませんよね？」

ダーシャン様とムーレット導師の確実にいない時間を第一王子は見つけたらしく、ここ数日毎朝顔を出しているだなんて、口が裂(さ)けても言えない。

「エルマ嬢？」

ムーレット導師に名前を呼ばれたエルマさんはニッコリと笑顔を作った。

「最近では毎朝、たまに朝食もご一緒したがります」

裏切り者！　っと叫(さけ)んでしまいそうになった。

ダーシャン様もムーレット導師もそういうとこ面倒臭(めんどうくさ)いのだから、言わないでほしかった。

「聖女、こいつらに言ってやれ」

？

「何をでしょうか？」

本気でキョトンとしてしまった。

「僕のことをどう思っているかをだ！」

私は更にキョトンとしてしまった。

「えっと、ナルーラ殿下(でんか)をですか？」

特に何とも思っていないって言っていいのだろうか？

「あえて言うなら、ヒメカ聖女様と幸せになってほしいと思ってます」

私の言葉に、第一王子はプルプルと震えた。

「さすがセイラン聖女、慈悲深い」

ムーレット導師が褒めてくれた。

そんな中、私のクローゼットからサンゴとルリとヒスイが飛び出して来た。

驚き警戒する第一王子とエルマさんを他所に、私に飛びついて来たサンゴがウニャウニャと何か言っている。

何だか大変なことが起こっている雰囲気はするが、言葉が通じないのがもどかしい。

「何だって」

同じ妖精であるムーレット導師ならば言葉が通じるようで焦ったような声で肩に乗ったヒスイを見ている。

見ればルリはダーシャン様の服の裾を噛みクローゼットの方に引っ張って行こうとしていた。

「導師、何があったんです？」

ムーレット導師は神妙な顔をした。

「常闇の神殿に侵入者です」

「そんな神殿聞いたことがない」

ダーシャン様が首を傾げた。

「妖精の立てた神殿ですから、誰も知らないはずなのですよ」

誰も知らないはずの神殿に侵入者とは？

不思議そうにしているムーレット導師に、第一王子が呟いた。

「婆様が言ってた神殿？」

全員の視線が第一王子に向いた。

「えっ？」

怯える第一王子にダーシャン様は近づいた。

「どういうことだ？」

「いや、常闇の神殿って裏山の山頂にあると言われてる神殿だろ？　その神殿は精霊が生まれる力の強い場所だ。神域だから近づいてはいけないって婆様が良く言ってただろ？」

第一王子のお婆さんってことは、前の聖女ってこと？

「そうですか。聖女様が……」

私はすっと手を上げた。

「その神殿に入ると何がいけないんですか？」

私の問いに、サンゴがまたウニャウニャ言うが、可愛いだけで何を言ってるのか分からない。

「妖精の生まれる場所と言いましたよね？　妖精は純粋な生き物で、人に力を与えることもあれば、戯れに殺してしまうこともあるのです。そんな生まれたての妖精がたくさんいる場所が常闇の神殿なのです」

ダーシャン様が忘れているということは、あまり有名な話ではないと言う。

「ナルーラ殿下、誰かにその話しました？」

私が聞けば、第一王子はキョトンとした顔の後、真っ青な顔になった。

「ヒメカに」

私は急いでクローゼットに向かった。

知り合いが、死ぬかもしれないなんて考えたくない。

自分が行って何ができるかなんて分からないけど、助けなくちゃ。

そう思った。

山には森の家から登った方が近い。

クローゼットに向かう私の腕をムーレット導師が掴んだ。

「自業自得です。セイラン聖女が危険な目にあう必要はない」

「でも」

ムーレット導師は私を落ち着かせるように掴んだ手をポンポンと叩いた。

「それに、広場でヒメカ聖女が黒いモヤを浄化していたと聞きましたし、ヒメカ聖女に力がないわけではありませんから」

言われてみれば黒いモヤの浄化をしていた。

「違う。あれはダビダラ導師が準備した幻影だ。あの浄化は芝居だ」

ナルーラ王子が今にも泣きそうな顔で私を見た。

「頼む。ヒメカを助けてくれ！」

ナルーラ王子の悲痛な叫びに、私は深く頷いた。

彼女を見捨てたら私は自分が嫌いになる。

「助けたい」

私はこの気持ちが届いてほしいと願いを込めながらムーレット導師を見つめる。

「そ、そんな目で見られても」

明らかに動揺するムーレット導師の横からダーシャン様が声をかけてきた。

「俺も一緒に行く。セイランは俺が守る」

「ダーシャン殿下、貴方に何かあっても困るんですよ」

王太子が危険な目にあうのは国にとっての痛手だ。

「そうです。ダーシャン様はダメですよ」

私がそう言えば、ダーシャン様は明らかに眉間にシワを寄せた。

「惚れた女の一人も守れないで国なんて治められるか」

突然の言葉に、頭の中が真っ白になった。

ダーシャン様の顔を見た感じ、何を言ったのか自分で理解しているようには見えない。

「ダーシャン殿下……うん。分かりました。サンゴ達も連れて私も行きます」

私もコクコクと頷いた。

「そうですね！　ムーレット導師は妖精に詳しいですし！」

この話は今広げてはいけない。

私は改めてクローゼットに向かう。

「おい、ダーシャン」

第一王子がダーシャン様を呼び止めたが、ダーシャン様は足を止めなかった。

「あんたはここにいろ」

「だが、ヒメカが」

「ちゃんと連れて帰る」

心配そうな第一王子を見て、第一王子の不器用さのようなものを感じたのだった。

常闇の神殿

クローゼットの扉を開いて、森の家からサンゴの案内で常闇の神殿を目指すことになったのだが、森の家から外に出ると、今まで見てきた森とはまるっきり変わっていた。

木々が魔素で黒く染まり、湧き水も濁った色に変わっている。

何か良くないことが起きている。

サンゴが私達を誘導するために先を急ぐ。

はぐれないように急ぐ。

そして、たどり着いた常闇の神殿は建物というより、洞窟のような場所だった。

真っ暗闇にしか見えない中は、暗闇ではなく黒いモヤが充満しているようだった。

「セイラン聖女、月の神殿で歌った歌を歌ってもらえませんか？」

ムーレット導師に言われた歌を、洞窟の中が明るくなるように祈りながら歌う。

すると、黒いモヤが逃げるように奥に向かって引いていくのが分かった。

奥に奥にと歌いつづけながら前に進む。

誰もが警戒しながら進んだ先にたどり着いたのは天井が高く、広い空間だった。

そして、小さな祭壇のようなものがあり、その祭壇の上に黒と赤がマーブルに絡み合った色をした珠のようなものが浮いていて、その祭壇の前には微弱なピンク色の光に覆われたヒメカ聖女が倒れていた。

慌てて近寄ろうとした私をダーシャン様が腕を掴み引き寄せた。

何をするんだと抗議しようと思ったが、私が先程いた部分が大きく抉れている。

状況の呑み込めない私に、ムーレット導師が言った。

「欲に溺れたせいで、人ではなくなってしまったようですね」

私が慌ててヒメカ聖女を見れば、ヒメカ聖女はまだ倒れたままで、更にダーシャン様とムーレット導師が見ている方に視線を移しゾッとした。

そこには、白い服に金の刺繍の入った服を着た真っ黒な人の形をした者が立って陽炎のようにゆらゆらと揺れていた。

「あれは？」

それ以外の言葉が頭に浮かばず口から漏れ出た。

「あれは、ダビダラ導師だった者でしょうね」

「何で？　何で分かるの？」

人があんな、お化けみたいで死神のようになるのか？

「あの者が着ている服の胸元に金の薔薇の刺繍がされているでしょ？　あれはダビダラ導

師の好んで着けていたマークです。高貴な薔薇が好きな人でした」

　ムーレット導師の話し方で、あれはダビダラ導師〝だった者〟なのだと容易に想像できた。

　そして、もうダビダラ導師ではないのだと。

「ムーレット導師、どうしたらいい？」

　ダーシャン様の静かな声に、冷静にならなければと心を落ち着ける。

「あの祭壇が見えますか？　祭壇の奥に赤黒い珠が浮いているでしょ？」

　私とダーシャン様が頷くとムーレット導師は続けた。

「あの赤黒い珠の下に舞台があります。そこで、浄化の歌と踊りをお願いします」

　私は言葉を失った。

　だって、そんな明確な歌と踊りなんて知らない。

　私が明らかに動揺したのを見て、ダーシャン様は笑った。

「セイラン、浄化はお前がどんな気持ちで歌って踊るかだ。月の神殿で聞いた歌はお婆様が月の神殿で歌っていたものとはまるっきり違っていたが、祭りを成功させられた。だから、セイランが浄化したいと思う気持ちが大事なんだ」

　ダーシャン様の自信満々な顔に、私の不安は吹き飛んでいった。

　今ならポーズが決まっただけで必殺技がでるゲームや、ステップ踏んだだけで変身できちゃう魔法少女も理解できる気がした。

それと同時に、物凄い風のようなものを浴び、私達はごろごろと広間の端まで転がった。

衝撃でコンタクトの一つがどっかに行ったたし、もう片方もゴミが入ったのか痛い。

こんなことで怯んでいたら、ヒメカ聖女なんて助けられない。

私はもう片方のコンタクトも外し、その場に捨てた。

もう、ウィッグも邪魔だ。

ウィッグも足元に投げつけ、私は深呼吸をして赤黒い珠を見た。

「あそこまで、ダッシュする。だから、早く走れそうな強そうな歌」

そう、イメージで浄化ができるなら、早く走れたり強くなれたりもできるはずだ！

テンポも良くて、何なら技とか出せちゃいそうな。

思い浮かんだ。

絶対に勝てそうな、子ども用特撮ヒーローの主題歌だ！

休日の朝からやってる子ども達の憧れ、強くて早くてカッコイイが詰まった歌だ。

何なら何年か前の主題歌だって歌える。

コスプレイヤーで……いや、オタクで良かった。

私はフーッと息を吐くと、歌い出した。

高く飛んだり、アクロバティックな技だってこの歌を歌っていたらできてしまいそうだ。

そして、私は歌いながら走った。

普段より格段に早く走れてるし、段差があっても転ばない。

あっと言う間にヒメカ聖女の元まで来れた。

「ヒメカ聖女」

ヒメカ聖女の周りにピンクやオレンジや黄色の光る毛玉が飛んでいて、ヒメカ聖女自身もピンク色に光っている。

ああ、妖精が守ってくれているし、彼女は力は弱いかもしれないけど、ちゃんと聖女なのだと思った。

私は妖精にヒメカ聖女を任せて、更に奥に向かった。

たぶん、あの赤黒い珠を浄化するつもりで歌って踊るんだ。

私は珠の浮いている舞台の上に上がった。

どんな歌が良いかは、もう考えている。

前に良く聞いていた、癒やし効果があると噂の海外アーティストの歌だ。

プロモーションビデオで女性が自然の中でクラシックダンスを踊っていたのが凄く綺麗で印象に残っている。

できる。

私は歌いながら踊った。

歌詞はたぶん間違っているが、バレやしない。

最後まで歌って踊ってこの場所の空気を浄化して、あの赤黒い珠を綺麗な澄んだ色にしてみせる。

もう、イメージの中の占い師が持っている水晶玉ぐらいの透明度の球になるように祈りながら、必死に歌って踊った。

全力で一曲分歌って踊った。

そして、歌が終わるのと同時に、赤黒かった珠からシュルシュルと音を立てながら赤黒い色が蛇口から落ちる水のように落ち、地に当たる前に綺麗に消えていった。

成功だ。

見れば、まだダーシャン様とムーレット導師はダビダラ導師だった者と戦っている。

私はとりあえず、ヒメカ聖女の元に向かった。

だって、地面を抉るほどの技を出す者との戦いに女の子が横たわっているなんて、うっかり当たってうっかり死んじゃったなんてことになりかねないからだ。

「ヒメカ聖女、ヒメカ聖女起きて」

軽く頬を叩くと、ヒメカ聖女はハッと目を開け私にしがみついた。

そりゃ、怖かっただろう。

私だって一人であの姿のダビダラ導師を見たら泣いていたかもしれない。

「もう大丈夫。助けに来ました」

怯えるヒメカ聖女の頭を優しく撫でると、ヒメカ聖女はポロポロと涙を流した。

「ほら、可愛い顔が台無しですよ」

落ち着かせるために手で涙を拭ってあげる。

「わた、私……こわ、怖くて」

「もう大丈夫。一緒に帰ろう」

そう言って強く抱きしめてあげると、ヒメカ聖女は少し落ち着いたようだった。

「あの人も浄化して助けてあげなきゃ。ヒメカ聖女は安全な場所にいて」

「でも」

私はフヨフヨと飛んでいる毛玉を一つ手に乗せると、ヒメカ聖女の手の上に乗せてあげた。

「この子達がちゃんとヒメカ聖女を守ってくれる。だから、ちょっと待ってて。一緒に帰ろう」

ヒメカ聖女の手の上で毛玉がぴょんぴょん跳ねた。

妖精はちゃんとヒメカ聖女を守るつもりがあるみたいだ。

安心して、ダーシャン様達の方を見る。

二人掛かりでも苦戦しているように見える。

そうだ、踊りは別としても、浄化なら賛美歌が効くんじゃないだろうか？

だって、神に捧げる歌だもん。

でも、賛美歌って学生の時授業で聞いたような気がするが、思い出せない。

映画でも見た気がするけど……。

「ヒメカ聖女、賛美歌って歌える？」

「あ、はい。家の近くに教会があって小さい時にクリスマス会で歌ったやつなら」

「充分だよ！　ヒメカ聖女はちゃんと妖精が認めてくれるような聖女様だから絶対に浄化できる！　私が保証する。だから、歌って」

ヒメカ聖女は照れたようなはにかんだ笑顔で、歌った。

聞いたことのある歌だった。

一回目が歌い終わると、まだ効果がないことに落胆する彼女に私は笑顔を向けた。

「一緒に歌おう。私はたぶん歌詞間違っちゃうと思うけど。絶対にできる。だって私達は異世界から来た空気清浄機なんだから！」

私が力説したら、ヒメカ聖女はプッと吹き出しお腹を抱えて笑い出した。

真剣に言ったのに。

何とも解せない気持ちを抱えながら、私は一つ咳払いをした。

「さあ、歌うよ。いち、にの、さん」

　私がカウントを取ると、ヒメカ聖女がタイミングを合わせてくれた。

　私の声よりヒメカ聖女の方が声が高いからか、何だかハモっているようになってなかなかいい感じだ。

　その瞬間、広場全体が眩く光った。

　咄嗟にヒメカ聖女の手を摑んで、目を瞑ったまま私達は歌いきった。

　歌が終わって、ゆっくりと目を開くと、広場全体が淡く光っていた。

　ダーシャン様の方を見れば、ダビダラ導師がダビダラ導師の姿で倒れていて、ダーシャン様もムーレット導師も何が起きたのか分からないと言いたそうな顔をしてこちらを見ていた。

「私、やりました！　やりましたよお姉様！」

　そう叫んだヒメカ聖女に思いっきり抱きつかれて、尻餅をついてしまった。

　地味に痛い。

「お姉様のおかげです」

　そう言って私にしがみついて泣きじゃくるヒメカ聖女の頭を撫でてやると、技かと思うぐらい抱きしめる力を強められた。

　中身が出ちゃうし、背骨がいってしまう。

「セイラン、大丈夫か？」

そこに、心配そうにやって来たダーシャン様に声をかけられた。

「え？　セイラン聖女？」

ヒメカ聖女が不思議そうに私の顔を見た。

それと同時に締めつけからも解放された。

本当に助かった。

「セイラン聖女と髪と目の色が違うし……」

「ああ、あれはコンタクトとウィッグで」

ヒメカ聖女はしばらく私を見つめると、また抱きついた。

今度は力の加減をしてくれている。

よかった。

「セイランお姉様。私、セイランお姉様について行きます」

ヒメカ聖女の言葉に、その場にいたヒメカ聖女以外の全員がキョトンとした。

「私が死にそうなピンチの時に颯爽と助けに来てくれたセイランお姉様。本当にカッコウよかったです」

呆然とする私の後ろから、ムーレット導師の呆れたような声が聞こえた。

「随分と懐かれましたな」

いや、一ミクロンもこんな展開になるなんて想像してなかったから、懐かれても困る。

私は、早く城に戻(もど)って第一王子にヒメカ聖女を引き取ってもらおうと心に決めたのだった。

平和な日常？

あの日の真相は、後日改めて聞いた。

最初、花の神殿で謹慎させられていたヒメカ聖女の元にダビダラ導師がやって来て、聖女だというから目をかけてやったのに恥をかかされたと怒鳴り散らされたようだった。

娘も味方にと思ったのに、社交会からも笑われるような目にあわされたのも全部ヒメカ聖女のせいだと言われて、ヒメカ聖女は精神的に追い詰められた。

『それもこれも、お前の力が弱いからだ！　どうしてくれる』

そう言われて、世間話に第一王子が言っていた〝常闇の神殿〟の話を思い出したのだと言う。

妖精に気に入られれば、力がもらえる。

すでに、信頼できる人も自由にできる場所も地位や名誉さえも地に落ちてしまった。

なら、死ぬか生きるか分からないけど力が欲しいとヒメカ聖女は思ってしまった。

山道を登り、山の頂上にある真っ暗な洞窟を前にして、ヒメカ聖女は後悔した。

どう見ても、生きて帰れる気がしなかったのだ。

逃げ出そうとしたら、簡単に捕まってしまって奥まで引っ張って行かれた。

松明を持っているのに一メートル先すら見えない。

これは、絶対にダメだ。

そう思っているのに、逃げることはできなかった。

そして、広場に出た。

広い空間に微弱な光を放つ白い珠が見えた。

そして、ダビダラ導師はヒメカ聖女を突き飛ばしてその球に触れた。

たぶん、ダビダラ導師が一番力が欲しかったのだ。

ダビダラ導師が触れた珠は、ダビダラ導師が触ったところから赤黒く変色していき、それと同時にダビダラ導師の姿も人ではなくなっていった。

その姿があまりにも恐ろしくて、自分もああなるのだと思ったら、意識が遠のいていったのだと言う。

「だから、セイランお姉様が助けに来てくれて、本当に嬉しくて！　セイランお姉様が女神様に見えたんですよ」

あれから、ヒメカ聖女は人が変わった。

変わりすぎてウザ……怖いぐらいだ。

第一王子に引き取ってもらったはずなのに、直ぐ戻ってくる。

『助けてもらえたことが、感謝を通り越して崇拝になったんですね』

ってムーレット導師は笑ったが、本当にウザ……やめてほしい。

「それに、セイランお姉様って黒髪黒目が良く似合って美しくってもう憧れます」

常闇の神殿でコンタクトとウィッグを捨ててきてしまったせいで、赤いウィッグと赤と青のコンタクトを紛失してしまい、仕方なく地毛と裸眼になったせいか、普通に周りの目が変わった。

ヒメカ聖女を推していた第一王子派閥は綺麗さっぱりいなくなった。

ヒメカ聖女が『セイランお姉様の補佐になる』という主張をしたからか？　ヒメカ聖女が第一王子に一切ときめかなくなったのも原因か？

第一王子はヒメカ聖女を振り向かせようと頑張っている。

なんだかんだ言って、明るく元気で純粋なヒメカ聖女が好きでしかたがないようだ。

ただ、私を崇拝し始めたヒメカ聖女には響いていない。

ヒメカ聖女は今、ダーシャン様を目の敵にしていて第一王子どころではないのだ。

お姉様はみんなのお姉様だ！　という主張をするヒメカ聖女vsちゃんとした告白をしたいダーシャン様の攻防が起こっているらしい。

何故〝らしい〟なのかと言えば、最近ダーシャン様を見ていないからだ。

この話はムーレット導師に聞いた。

どうやらヒメカ聖女が邪魔をしているらしい。

ただでさえ誰もが認める王太子になったから、騎士団長も辞めさせられて王様の仕事を勉強し始めたせいで時間がないのだと分かっている。

更に邪魔者もいる。

ダーシャン様に会いたいな。

私はそんなことを日々考えていた。

満月の夜、月明かりに照らされた東屋に散歩に来た。

と言っても、月の出ている日は毎日のように夜東家まで散歩に来るのが日課になってしまっていた。

ダーシャン様がいるんじゃないかと、ついつい足を運んでしまう。

二人で愚痴や近況報告などしながら飲むお酒は美味しくて楽しくて、思い出すと胸が締めつけられるような気持ちになった。

お酒を持ってきて、一人で飲もうか？　なんて考えた瞬間、背後から抱きしめられて心臓が飛び出すんじゃないかと思うぐらい驚いた。

「づがれだー」

　本気の疲れた声に、さっきとは違う心臓の高鳴りを感じる。

「ダーシャン様」

「もう少しだけ、こうさせてくれ」

　こんなことで少しでも癒やされるならどれだけ抱きしめてくれてもいい。

「今日、ここに来て正解だった」

「愚痴、聞きますよ。お酒持って来ましょうか？」

「いい。やっとセイランに会えたんだ。離れたくない」

　ストレートな言葉に心臓が痛いぐらい高鳴る。

「じ、じゃあ、たくさん愚痴っていいですよ。全部聞きます」

　私がそう言うと、ダーシャン様はしばらく黙り、ゆっくりと口を開いた。

「セイラン不足で死にそうだ」

　いや、愚痴？　それ愚痴なの？

　頭がパニックになる私を他所に、ダーシャン様が続けた。

「ムーレット導師もエルマ嬢もヒメカ聖女もしまいには兄でさえセイランに会えるのに何で俺だけ……俺、何か悪いことしたか？　好きな女に会うことすらままならないとか……前世で殺人鬼だったんだろうか？」

突拍子もないことを言うダーシャン様に思わず笑ってしまう。

「何もおかしなことは言っていないぞ」

「自覚がないなんて疲れすぎですよ」

私を後ろから抱きしめているダーシャン様の腕の中からしゃがんで抜け出す。

突然私が腕の中からいなくなったのを残念そうにするダーシャン様を東屋まで連れて行き、備え付けの椅子に座らせる。

「立ち話もなんですから、やっぱりお酒とおつまみ持って来ましょうか」

私が気を回しているのに、ダーシャン様は両手を広げて見せた。

「まだ、足りない」

顔面偏差値の高い人が可愛く甘えてくるのだが、私鼻血とか出てないよね？

若干鼻が気になるが、ダーシャン様の頭を抱えるようにして抱きつくと軽々と膝に座らされた。

視線が近くて落ち着かない。

「あの、ダーシャン様」

もう少し距離が欲しいと言おうと思った。

「セイランに頼みがあるんだ」

「た、頼み？」

ダーシャン様は私の額にチュッと音を立ててキスをした。

頼み事をする姿勢でも行動でもないが、逃げられる気もしない。

「セイラン」

「はい」

真剣なダーシャン様の視線に居心地の悪さを感じる。

「俺を、セイランの特別にしてくれないか？」

「と、特別？」

ダーシャン様は蕩けそうな優しい笑顔になった。

「今は忙しくて、セイランの記憶に深く刻めるだけのプロポーズは用意できていないが、プロポーズを考えている間にセイランが他の誰かにプロポーズされてしまうんじゃないかって不安なんだ」

プロポーズ、プロポーズって言いすぎだし、それはもう実際プロポーズなんじゃないのか？

私が困った顔をすると、ダーシャン様も困ったような顔をした。

「こんな情けないやつじゃ嫌か？」

「えっ？　情けないとか思ってないですよ」

「本当か？」

「本当です」

「なら、俺の恋人になってくれないか？」

言われて気づいた。

プロポーズってお付き合いした後に考えることだ！

「俺をセイランの特別にしてほしい」

ちゃんとした告白をされてしまった。

酔っ払ってもいないし、勢いでもない告白だ。

こんなに顔面偏差値の高い人と恋人になって、私の心臓はもつのだろうか？

「嫌か？」

こんなに顔面偏差値が高い上に、捨てられた子犬のような目で見られて『嫌です！』と言える人間がどれだけいるのだろう？

「嫌……じゃないです」

私がおずおずと返せば、ダーシャン様は私をギュッと抱きしめた。

「大事にする」

耳元で囁かれて幸せな気持ちと共に体温が上がる。

恥ずかしい。

ダーシャン様は私の髪を軽く指ですいた。

「セイランのこの姿も、誰にも見せたくなかった。自分の独占欲に嫌になる」

ダーシャン様は独り言のように呟いていた。

「ダーシャン様は私の恋人で大切で特別な人です」

私が真剣に言えば、ダーシャン様は見たことがないぐらい嬉しそうに笑った。

ああ、この人は本当に私が好きなんだと、実感した。

「ダーシャン様にだけ私の秘密を教えます」

「えっ？」

ダーシャン様が、明らかに驚いた顔をした。

「誰にも言っていない誰も知らないことなので、ダーシャン様も誰にも言ったらダメですよ」

私が念を押すと、ダーシャン様はコクコクと頷いた。

「私の名前」

「名前？」

「セイランじゃないの」

ダーシャン様の瞳が大きく見開かれた。

何だか悪戯が成功したような達成感があるのが不思議だ。

「私の名前は赤石新と言います。アラタが本当の名前」

「何故偽名なんて」

「タイミングを逃して」

苦笑いを浮かべた私にダーシャン様も困ったような笑顔を向けられた。

「それは、俺以外に言ったらダメだぞ」

「言わないです。機会もないですから」

ダーシャン様はふーっと息を吐いた。


「アラタ」

久しぶりに言われた本当の名前に心臓が跳ねる。

「あの、改めて言われると照れちゃうので」

「なら、たくさん言わないとだな」

楽しそうに笑うダーシャン様に若干ムッとする。

「揶揄わないでください」

「揶揄ってなんかいない。ただ、照れてるアラタが珍しいし可愛いからつい」

やっぱり揶揄っているじゃないか。

不貞腐れて口を尖らす私に、ダーシャン様はニッコリと楽しそうに笑った。

くっ、顔面偏差値の高いことをこの人は絶対に自覚しているに違いない。

私が怯んだ瞬間、ダーシャン様の顔が目の前にあった。

近いと思うのと、お互(たが)いの唇(くちびる)が触れたのが同時だった。

頭がパニックになる私を他所に、ダーシャン様はしっかりと唇を重ねた。

どれだけの時間が過ぎたのか？　それとも一瞬(いっしゅん)だったのかも分からないまま、唇が離れた。

「幸せすぎて、死にそうだ」

「死なれたら困ります」

「俺も」

そう言って私達はお互いにクスクスと笑い合ったのだった。

幸せを祈ります

私とダーシャン様が晴れて恋人になった翌日、朝一で私に会いに来たのはダーシャン様。

と、ムーレット導師だった。

まだエルマさんもやって来ていないのに迷惑である。

とりあえず十分待ってもらって、身支度をする。

「恋人になったんですね。おめでとう」

最初にお祝いの言葉を言われて驚いた。

「セイラン、導師に言ったのか？」

「言ってません」

ダーシャン様が言ったんじゃないのか？

「誰も言ってないですよ。ほら、私は妖精ですから」

この人本当に何でも知っていそうで困る。

「ああ、お二人のお子様はさぞかし可愛らしいでしょうね。今から楽しみで楽しみでこんな時間にお邪魔してしまいました」

私達よりよっぽど幸せそうな顔をするムーレット導師にダーシャン様が嫌そうな顔をする。

「お二人には一刻も早く結婚していただいて、姫でも王子でも産んでいただいて私のことをジージと呼んでいただけるようにしたいですな」

初孫を喜ぶお祖父ちゃんのような人がいる。

まだ結婚すらしていないのに。

「幸せそうに未来を語るのはいいのだが、ムーレット導師」

「ええ、幸せな未来しかありませんよね」

話が若干噛み合っていない気がする。

「俺とセイランに子どもができたら、必ずムーレット導師のことをジージと呼ぶようにしたいと俺も思っている」

ダーシャン様の言葉に、ムーレット導師が飛び上がりそうなほど喜んだ。

何勝手なことを言っているんだと言いたかったが、ダーシャン様の瞳は真剣だ。

「だが導師、問題はそこじゃないんだ」

深刻そうな、明らかに演技くさい顔でダーシャン様は続けた。

「俺は今王の補佐をしていて忙しい上に、絶対に俺をセイランに近づけたくない人間がいる」

ああ、ヒメカ聖女ね。

「二人きりになれる時間もないと言うのに邪魔だけはたくさんいる状況だ」

　ムーレット導師はそうですね～と言いながら苦笑いを浮かべた。

「セイランだって聖女の仕事があるし、結婚はしばらくできないと思う」

　ダーシャン様の衝撃の発言に私以上にムーレット導師がショックを受け、膝から崩れ落ちた。

　私よりショックを受けるのはおかしいと思う。

　私がショックを受けきれないじゃないか！

　文句の一つも言いたい私を他所に、ダーシャン様はムーレット導師の肩をポンと叩いた。

「だからこそ、ムーレット導師の力が必要なんだ！」

「私の？」

「そうだ、何でも知っていて誰よりも強い更に神秘の妖精である導師だから頼めると俺はそう信じている」

　何だか分からないが、ムーレット導師が仲間になりたそうにダーシャン様を見ている。

「俺とセイランが二人きりになれるように協力してほしいんだ！　な、ジージ」

　えっ、そんな口車に乗る人いる？

　私が不信感を顔面に貼り付けているにもかかわらず、ムーレット導師はダーシャン様の手をガシッと握った。

ああ、今、簡単に口車に乗った瞬間を見たよ。

「私が必ずお二人のための時間を作ってみせます！」

力強くそう言いきった導師に引いたよ。

やる気満々のムーレット導師を見つめながら、ダーシャン様が私にだけ聞こえるように小さく呟いた。

「敵なら魔王なんじゃないかと疑いたくなるぐらい厄介な存在だが、味方にすればこれ以上ないぐらい頼もしい存在だと思わないか？」

あんなに張り合っていた二人の気持ち悪い友情に、私は考えることを放棄した。

数時間後にヒメカ聖女がやって来て眉間にシワを寄せながら、ムーレット導師とダーシャン様に喧嘩を売り、止めに入る第一王子も蹴散らして二人を部屋の外に追い出した。

心配だから私も一緒に住むと騒ぎだして大ごとになるなんて誰が予想できただろうか？

こうして、私とダーシャン様が結婚できる日が確実に遠のいたのだが、これまでの人生から考えても今が一番幸せで、この幸せがいつまでも続きますようにと祈らずにはいられないのだった。

END

あとがき

この度、『ただのコスプレイヤーなので聖女は辞めてもいいですか？』を最後まで読んでくださりありがとうございます。

初めましての方もそうでない方も本を手にとっていただき感謝しています。

私、ｓｏｙと申します。


今回書かせていただいた『コスプレ聖女』ですが、少しこんな感じのものを考えていることを担当様に話したところ、書きましょう！　と言っていただき、書き始めました。

これまでにないほどの見切り発車をしましたが、本にすることができました。

それもこれも、担当様が私を信じて背中を押してくださったおかげです。

イラストを担当していただいたザネリ様の描くセイランの可愛さやダーシャンの素敵さやムーレット導師のお爺ちゃん感に萌え、最後まで書き上げるためのやる気を失わずにいられた要因だと実感しています。

私のへっぽこなキャラクターの説明から、このイラストができあがることが奇跡的だと思っています。

皆様にもこの感動を同じように感じていただけると信じています。

本当にありがとうございます。

最後に刊行にあたり本作に携わってくださった沢山の方々に厚く御礼申し上げます。

そして、この本をここまで読んでくださった皆様も本当にありがとうございます。

またお会いできる日を夢みて、失礼させていただきます。

soy

おまけ　運命の相手（ナルーラ目線）

僕は数年前まで王太子だった。

この国の第一王子として生まれた僕は何不自由なく暮らしていた。

そんなある日、僕は恋をした。

素朴な水色の髪に同じ色の瞳の、幼さの残る男爵令嬢に。

王太子の僕にはすでに親の決めた婚約者がいたが、運命の相手が目の前に現れたのだから仕方がない。

男爵令嬢は無邪気で純真無垢な少女だった。

いや、そうだと思っていた。

婚約者に直ぐにバレ、婚約破棄したいと言われ従った。

それと同時に父である国王から王太子の座は僕には相応しくないと、取り上げられていた。

でも、僕には運命の相手がいる。

そう思っていたのに、彼女は王太子じゃなくなった僕は必要ないとばかりにさっさと新しい男を捕まえて去っていった。

王太子じゃなくなった僕に、価値なんて一つもないのだと知った。

その上、新しく王太子になった弟は誰もが認める素晴らしい王太子で、強くて頭も回る。

僕は勝てるところが一つもなくて焦っていた。

だからダビダラ導師が聖女を召喚して、その聖女と結婚すれば王太子に戻れると聞いて、それを信じてしまった。

召喚された聖女ヒメカは、純真無垢な……前はそれに騙されたんだが、何も知らない何でも吸収するような少女だった。

だから、褒め称え贅の限りを尽くせば、少し傲慢さを見せるようにもなったが、やはり可愛くて。

彼女は次第に僕の心の拠り所になっていった。

彼女に悪影響だったのは、今思えばダビダラ導師だったのだと解るが、あの当時はダビダラ導師を信じて疑いもしていなかったから彼女は危うい考え方をするようになっていった。

誰もが自分を好きになるのだと。

その頃、弟が新たな聖女を呼び出した。

最初は興味すらなかった。

ヒメカが暴走するようになり、色々と裏で動かなくてはいけなくなって忙しかったのだ。

そして、庇いきれなくなったヒメカは花の神殿で謹慎することになり、僕は会うことを禁止された。

だから、もう一人の聖女に会いに行った。

調子に乗るなと言うために行ったが、セイラン聖女は大人で聞き上手で気づけば自分が不満に思っていることやヒメカに対する恋情を聞いてもらっていることに気づいていた。

セイラン聖女は普通に考えたら面倒臭いだろう僕の話を邪険にすることなく最後まで毎回聞いてくれるのだ。

そんなある日、ヒメカが常闇の神殿と言う危ない場所に力を求めて入ってしまった。

セイラン聖女はヒメカを助けるために頑張ってくれた。

何もできない自分に歯痒い思いをした。

無事にヒメカを助けてくれたセイラン聖女には頭が上がらない。

今回のことで、僕は王太子なんてものに執着するのをやめた。

僕が本当に欲しかったのは、もっと単純なことだったのだ。

たった一人の運命の人を大事にしたい。

だから、剣術も帝王学も入れることのできる知識は全て手に入れよう。

またヒメカが危険な目にあった時に誰よりも早く助けられるように。

それなのに、ヒメカの一番はセイラン聖女になってしまった。
今、世界一憎らしい存在に、僕は一つも勝てる気がしない。
唯一ありがたいと思うのは、セイラン聖女が女性であることだけだと思うんだ。

おまけ　秘密の時間（ダーシャン目線）

セイランがヒメカ聖女に懐かれてから早一ヵ月。

俺はセイランとなかなか二人きりで会えなくなっていた。

俺が王太子としての仕事を本格的に始めて忙しくなってしまったことと、何かと理由をつけてはセイランの周りに張り付いて離れないヒメカ聖女の存在があった。

ヒメカ聖女がいるせいで兄であるナルーラもセイランの周りをうろついている始末。

ムーレット導師は俺がセイランと二人きりになれるように手を貸してくれるが、真剣みに欠ける。

俺とセイランの間に子どもができるのを待ち望んでいるが、数年後でも構わないと思っているようだ。

年齢を頑なに言いたがらないが、初代聖女様の時代から生きている彼は推定で五百歳を優に超えているからなのか、時間の感覚がおかしいようで、数年という長い時間を一瞬のように感じている節が見えた。

俺はようやくできた恋人と愛を育みたいだけなのに。

定期的に開かれる飲み会もあるが、格段に減ったしお互いに聞いてほしい愚痴が溜まりすぎて恋人同士の甘い空気など出せる間もなく酔っ払ってしまう。

加減して呑んでも、気づけば自分の部屋で寝ていることがしばしばあって、ムーレット導師に毎回運ばれているようだ。

二日酔いの頭を執務室の机に乗せて、ぼーっと考える。

記憶をなくすほど呑んだつもりがないのに、何故セイランとの楽しい時間を長く保てないのか？

自分の不甲斐なさを痛感する。

「セイランに会いたい」

小さな呟きにどうにもならないため息が出る。

「会いに行けばいいではないですかな？」

いつのまに入って来たのか、音の一つも立てないで、机を挟んだ向かい側にムーレット導師が立っていた。

「セイラン聖女も殿下に会いたがっていましたよ」

思わず目をパチパチと瞬いてしまいました。

セイランが俺に会いたがっている？

愛しい恋人が俺に。

　俺は勢い良く立ち上がった。

　セイランに会いに行こう。

　俺が執務室から出て行こうとしたとき、ムーレット導師はニコニコしながら俺の机の上に書類の束を置いた。

　思わず足が止まる。

「ムーレット導師？」

「おや、まだ行ってなかったのですか？」

　ニコニコ笑顔のまま長いローブの中から書類の束を出しては、俺の執務室の机に積んでいくムーレット導師が悪魔に見えた。

　俺は勢いを失い、席に戻るとムーレット導師の出し続けている書類の一枚を手に取った。

「賢明な判断ですな。会いたがっていたのは確かですが、今すぐ行っても到底二人きりにはなれませんから。さあ、先にこの書類を片付けてしまいましょう」

　ムーレット導師は更に書類をローブの中から取り出し続けていた。

　ああ、セイランに会いたい。

書類仕事を終え、やっとセイランに会えると思った時に執務室に入って来たのはラグナスだった。

嫌な予感しかしない。

「ダーシャン様が最近来てくれないせいで騎士団員の士気が下がってるんだけど来てくんない？」

ラグナスの笑顔に殺意が湧く。

「えっ？　何で殺気だってるの？」

理由は俺の時間を奪うお前だと言ってやりたい。

「そんな怖い顔してたら女子どもは泣くんじゃない？」

ラグナスの言葉にグッと息を詰める。

それが本当なら、セイランに合わせる顔ではない。

俺は椅子から立ち上がるとラグナスを睨みつけた。

「今から稽古してやる。ついて来い」

ラグナスはあからさまに嫌そうな顔をした。

「俺が稽古されるの？」

「全員だ。お前を含めてな」

俺は足早に、ラグナスの首根っこを掴み騎士団の練習場に向かった。

騎士団の練習場では、俺が入って行った時点で空気がピリついたのが分かった。

「さあ、始めるぞ」

手始めにラグナスと練習試合をしてラグナスが膝をつくまでコテンパンにし、他の隊員にもかかって来るように言う。

粗方の団員に撃ち込みとアドバイスをすれば、すでに日が傾きオレンジ色に染まっていた。

今日、セイランに会いたかったのに。

遣る瀬ない気持ちで項垂れる俺に、タオルが差し出された。

こんなに気のきく人物が騎士団の中にいたのか？

不思議に思いながらタオルを受け取って気づいた。

水色の三つ編みにアイスブルーの瞳の女性。

団服を着ているが見たことのない女性。

「セイラン？」

「えっ？　何で分かったんですか？　髪も目も服装も、メイクだって変えたのに」

愛しい人の姿を見間違えるわけがない。

思わず口元が緩む。

「ダーシャン様、今日何時でもいいのでお時間いただけませんか？」

セイランは楽しそうに笑った。

その笑顔だけで何だか癒やされた気分になる。

「ああ、この後なら時間がある」

「よかった。じゃあ、急いで私の部屋のクローゼットまで来てください」

俺が同意すると、セイランは俺を連れてこそこそと誰にも見つからないように移動を始めた。

途中、兄とヒメカ聖女に見つかりそうになったが、セイランが二人分の結界を入ってくれ、難を逃れた。

「あの二人には、移動用の扉があると気づかれたくないので」

セイランの秘密を共有できていることが嬉しい。

まあ、ムーレット導師も知っているが、忘れておこう。

「森の家に何かあるのか？」

「ついてからのお楽しみですよ」

はしゃぎながら俺の手を掴み、誘導するセイランを見ているだけで胸が熱くなる。

こんな気持ちになっているのが自分だけだと思うと気恥ずかしい。

「ダーシャン様？」

つい、ボーッとセイランを見つめていると、話しかけているのに返事をしない俺を不審に思ったのか、それとも俺の熱い視線に気づいたのか、心配そうな顔をされてしまった。

「すまない」

「お疲れなんですね」

セイランが手をつないで歩いてくれているだけで癒やされているのだが、それを言って気持ち悪いと引かれたら立ち直る自信はない。

下手なことを言わないように苦笑いを浮かべることしかできなかった。

セイランの結界のおかげもあり、誰にも見つかることなくセイランの部屋のクローゼットまでたどり着くことができた。

セイランは終始嬉しそうで楽しそうな顔をしている。

控えめに言っても可愛い。

案内されるままにクローゼットの白い扉を潜ると、そこは森の中にある小さな家の中だった。

「こっちです」

セイランは俺をリビングの椅子に座らせた。

「ちょっと待っててくださいね」

そう言ってセイランはキッチンに向かった。

しばらくすると、なんとも食欲の湧く匂いが部屋に漂い始めた。

「いつもお疲れ様です」

そう言ってセイランは俺の前に食事を並べた。

「今日のメニューは白米と豚汁、ほうれん草の胡麻和えに筑前煮と照り焼きチキンです」

俺が驚いてセイランを見ると、セイランは優しい笑顔で俺を見ていた。

「昨日、呑みながら話してくれたじゃないですか。お婆様が作ってくれた豚汁が好きだったって。前聖女様がどういった作り方をしていたのか分からないので、味の違いを教えてください」

俺は酔ってそんなことを言っていたのか？

「覚えてない」

「味をですか？」

「違う。婆様の話をしたことを覚えていない」

セイランはキョトンとした顔の後、クスクスと声を出して笑った。

「酔ってましたからね」

「すまない」

「とりあえず、食べてみてください」

セイランに促されるままに豚汁を口にした。

「美味い」

セイランは嬉しそうにニマニマと口元を緩ませた。

「お婆様の豚汁と違うところはありますか？」

はっきり言ってセイランの作る豚汁の方が美味いと思う。

「どこが違うとかはよく分からない。すまない」

「そうですか。ちょっと残念ですけど、ダーシャン様の思い出の味に近づけるように頑張ります。他も食べてね」

促されるまま、夢中で食べてしまった。

愛する人の美味しい手料理に癒やされ、幸せを噛み締めていると、セイランは黒髪黒目の俺しか知らないアラタの姿で片手に米酒を持って現れた。

「このお酒『聖女の涙』って言うらしいですよ」

ああ、なんて美しいんだ。

今すぐ結婚してくれ！　と叫んでしまいたかったがグッと堪えた。

こんなに俺を癒やしてくれる人に簡単にプロポーズするのは違うと思う。

絶対に思い出に残るプロポーズをしようと俺は強く決意した。

「私が作った料理はどうでした？」

「全部美味かった。毎日俺のために料理を作って欲しいと頼み込みたいぐらい美味かった」

アラタは目をパチパチと瞬いた。

「変なこと言ったか？」

「いいえ。……プロポーズみたい」

アラタの言葉の最後の方は声が小さすぎてよく聞きとれなかったが、アラタの表情は幸せそうに見えた。

その日以来、アラタは度々手料理を振る舞ってくれるようになり、俺とアラタの秘密の時間が増えたのだった。

■ご意見、ご感想をお寄せください。
《ファンレターの宛先》
〒102-8177 東京都千代田区富士見 2-13-3
株式会社KADOKAWA ビーズログ文庫編集部
soy 先生・ザネリ 先生

●お問い合わせ
https://www.kadokawa.co.jp/（「お問い合わせ」へお進みください）
※内容によっては、お答えできない場合があります。
※サポートは日本国内のみとさせていただきます。
※Japanese text only

B's-LOG BUNKO
ビーズログ文庫

ただのコスプレイヤーなので聖女(せいじょ)は辞(や)めてもいいですか？

soy(そい)

2021年10月15日 初版発行
2023年 8 月30日 再版発行

発行者 山下直久
発行 株式会社 KADOKAWA
〒102-8177 東京都千代田区富士見 2-13-3
（ナビダイヤル） 0570-002-301
デザイン 世古口敦志＋前川絵莉子（coil）
印刷所 株式会社KADOKAWA
製本所 株式会社KADOKAWA

ISBN978-4-04-736803-3 C0193

定価はカバーに表示してあります。

◆◇◇

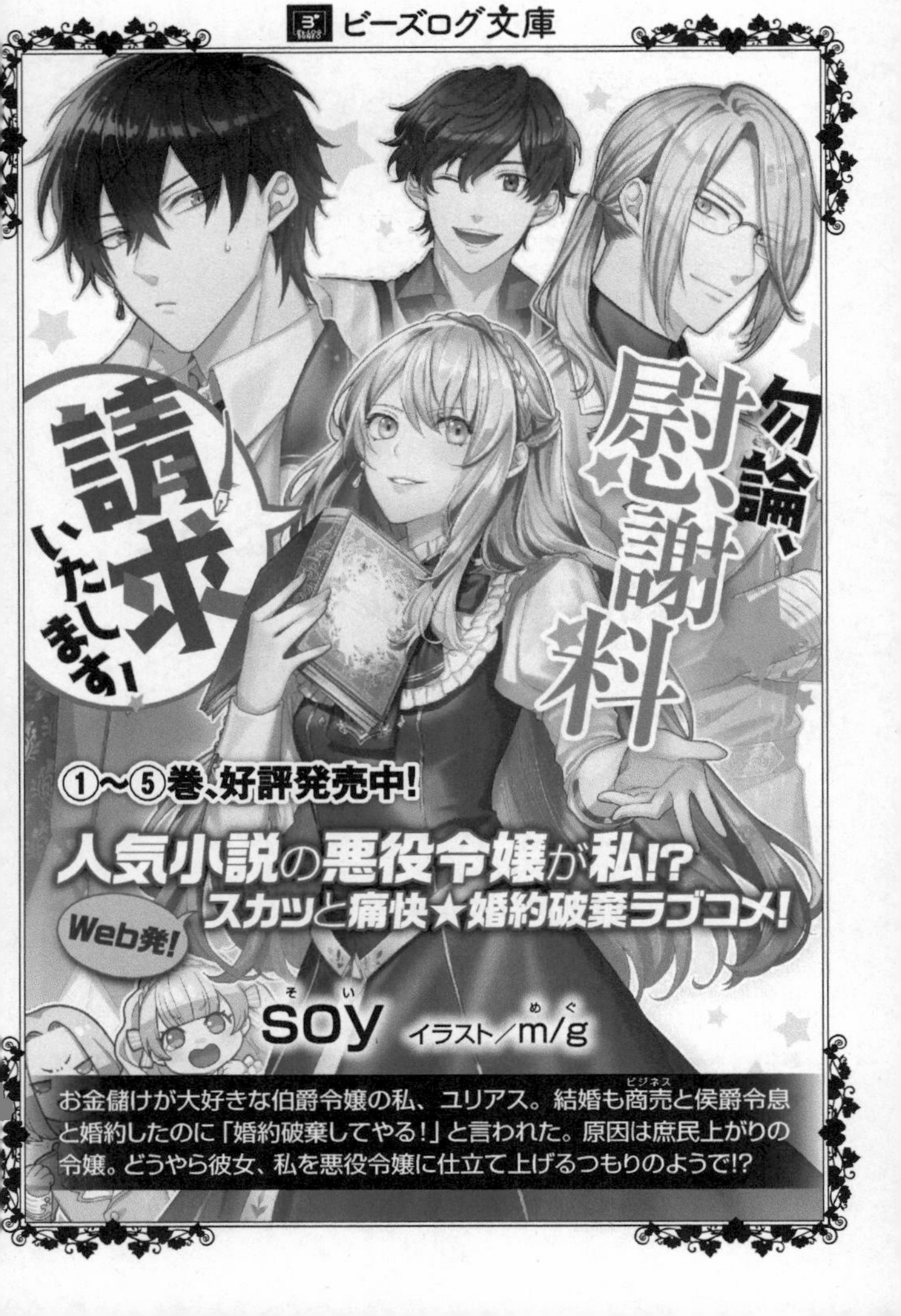